ANDRÉE CHEDID

Le survivant

illustrations de
GÉRARD FRANQUIN

Castor Poche Flammarion

Andrée Chedid : « Je suis née au Caire, en Égypte. J'habite Paris par choix, parce que j'aime cette ville depuis l'enfance. J'écris depuis l'âge de dix-huit ans, en plusieurs genres : poésie, roman, théâtre. Écrire, c'est très dur, avec de grandes fenêtres de joie.

« J'ai deux enfants, quatre petits-enfants.

« J'écris pour essayer de dire les choses vivantes qui bouillonnent au fond de chacun ; j'espère ainsi communiquer. Les sujets que je choisis sont en général marqués par la tragédie et par l'espérance. Je veux garder les yeux ouverts sur les souffrances, le malheur, la cruauté du monde ; mais aussi sur la lumière, sur la beauté, sur tout ce qui nous aide à nous dépasser, à mieux vivre, à parier sur l'avenir. »

Du même auteur
Le Sixième Jour (Castor Poche N° 109 senior)
L'Autre (Castor Poche N° 22 senior)
La Cité fertile
Néfertiti et le Rêve d'Akhnaton
Les Marches de sable
La Maison sans racines
Derrière les visages, n° 80
Les Manèges de la vie, n° 245
L'enfant multiple, n° 321
Les métamorphoses de Batine, n° 477

4

Grand prix de Littérature Paul-Morand de l'Académie française.

Christian Broutin, l'illustrateur de la couverture, est né le 5 mars 1933, par un curieux hasard, dans la cathédrale de Chartres... Élevé par un grand-père collectionneur et bibliophile averti, Christian Broutin découvre très tôt le dessin en copiant Grandville et Gustave Doré. Après des études classiques, il est élève à l'École normale des métiers d'art et sort premier de sa promotion en 1952.

Christian Broutin est l'auteur d'une centaine d'affiches de films ainsi que de nombreuses couvertures de livres chez différents éditeurs. Depuis 1976, il travaille également pour l'étranger.

Gérard Franquin a réalisé les illustrations intérieures. Depuis sa naissance en 1951, il a pratiquement toujours à la main soit un crayon soit un pinceau... Il a illustré de nombreux albums et ouvrages pour l'Atelier du Père Castor.

Le survivant :

En pleine nuit, Lana apprend par téléphone que l'avion dans lequel son mari, Pierre, a embarqué quelques heures plus tôt s'est écrasé dans le désert.

Il y a des survivants.

Bientôt plus qu'un survivant !

Lana, convaincue qu'il s'agit de Pierre, part à la recherche de l'homme qu'elle aime. Malgré les multiples obstacles, à travers oasis, villages, désert, solitude, finira-t-elle par le retrouver ?

Cette histoire à suspense, cette quête bien réelle sont aussi une interrogation sur le sens de l'amour, son usure, sa vitalité. Souffrance et source de vie, amour qui métamorphose parfois l'absence en présence.

Je règne par l'étonnant pouvoir de l'absence.

VICTOR SEGALEN.

PREMIÈRE PARTIE

La ville

Si tu n'espères pas, tu ne rencontreras pas l'inespéré qui est inexplorable et dans l'impossible.

Héraclite d'Éphèse.

Chapitre premier

Lana se sentit tirée du fond d'un puits par les cheveux, une eau lourde gonflait sa robe, des herbes entravaient ses genoux, ses coudes frottaient contre les parois. Il lui fallut plusieurs secondes pour s'arracher à tout ce sommeil.

La sonnerie du téléphone se prolongeait.

Pour ne pas réveiller Pierre, elle n'alluma pas la lampe de chevet, se glissa rapidement hors du lit. La chambre était sombre, elle dut tâtonner jusqu'à la porte. Les mains en avant, elle se hâtait le long du couloir ; puis, parvenue au seuil de l'autre pièce, elle rabattit ensemble les deux commutateurs. Une lumière blanche, crue, dissipa les dernières traînées de la nuit. La sonnerie s'interrompit brusquement.

Qui avait appelé ? Elle haussa les épaules,

11

regagna sa chambre et, se rappelant que Pierre était en voyage, qu'elle l'avait accompagné à l'aérodrome il y avait à peine quelques heures, elle hésita à s'étendre sur le lit vide.

On sonna de nouveau. C'étaient, sans doute, des amis de passage qui n'avaient pas trouvé à se loger, ou bien une erreur. Elle décrocha :

— Qui est là ?

— C'est Mme Pierre Moret à l'appareil ?

— Oui. Qui m'appelle ?

La voix s'amenuisa, s'éloigna.

— Madame Moret, je vous parle de l'aérogare...

— De l'aérogare ?... Mais qui êtes-vous ?

Les mots parvenaient mal, on aurait dit qu'il y avait une rumeur, des chuchotements tout autour.

— Qui êtes-vous ?

— Madame, il s'agit... Cet après-midi vous avez accompagné...

Non. Lana n'entend plus, ne veut plus entendre. Tout s'embrouille comme dans certains cauchemars. Les oreilles se bouchent, le cœur coule à pic. Non. Il ne faut pas, il ne faut pas entendre. L'autre n'a encore rien dit, mais ce qu'elle cherche à dire, Lana sait qu'il ne faut pas qu'elle puisse le prononcer.

« Pierre, tu franchis le seuil de l'immense

12

porte vitrée, celle qui mène à la piste d'envol. Tu ne l'as pas encore franchie. Tu es là. Encore là. Au seuil de cette porte. Tu te retournes, tu as pris mon bras. Tu dis : "Souviens-toi que je t'aime." Pourquoi : "Souviens-toi" ? Pourquoi as-tu dit : "Souviens-toi" ? A l'instant même cette phrase avait glissé presque inaperçue, mais elle resurgissait, insolite, inquiétante à présent. Non. Tu n'as pas encore dit cela. Pas encore. Tu es là. Tu vas le dire, tu les aurais dits ces mots, mais je t'en empêche, je te retiens : Reste. »

— M'entendez-vous, madame Moret ? reprend l'hôtesse qui, machinalement, coche sur la liste des personnes à prévenir le nom de sa correspondante.

Sa main bloquant l'écouteur, Lana n'entend rien. « Je dis : Reste. Ne pars pas. Remets à demain. Remets d'un seul jour. Il ne m'écoute pas. Il sourit : "A quoi vas-tu penser ! C'est ridicule." Il ne faut pas sourire, Pierre. Il ne faut pas se moquer. Je dois te retenir, n'importe comment, par des pleurs, des cris, s'il le faut, mais tu ne dois pas partir. Tout est encore possible, si j'agis vite, très vite. »

— Écoutez-moi, madame Moret.

Elle n'écoutera pas. Elle barre le passage aux mots. Les mains crispées autour du récepteur, la jeune fille n'entend au loin qu'une respiration hachée. Elle se penche comme au bord

13

d'un gouffre, mais que faire et quelles paroles trouver ?

— Madame, je vous en supplie, si vous m'écoutiez...

C'est presque l'aube. Le personnel est clairsemé, les voyageurs peu nombreux — il ne faut pas qu'ils se doutent de quelque chose. Les galeries s'étirent, n'en finissent pas. Un grand vide a succédé à l'affolement de tout à l'heure.

— Qu'est-ce qui se passe ?

— Le 1022 s'est écrasé, avait annoncé Sophie à sa compagne qui venait d'arriver et qui s'étonnait de sa mine défaite.

— Les malheureux !

Catherine s'était alors laissée tomber sur sa chaise, les coudes sur la tablette, le visage dans ses mains.

— Je suis contente de n'avoir pas été là quand ils partaient, je préfère ne pas les avoir vus.

— Madame, si je vous ai appelée comme ça, en pleine nuit, c'est que...

D'un coup la voix éclate :

— Un accident ! C'est un accident, n'est-ce pas ?

— Oui, mais...

— Alors, c'est fini. Fini.

« Pierre, entraîne-moi. Tire-moi hors d'ici, avant que je ne sache. »

L'hôtesse s'obstine, se raccroche, ses tempes

battent. Tout est soudain si proche comme à l'intérieur de soi.

— Ne coupez pas. Attendez.

— Attendre. Que voulez-vous que j'attende ?

Lana le savait depuis toujours. Elle le savait. « Je le savais. » Si l'ombre ne précède pas, elle suit. Elle se le disait souvent pour ne pas se laisser endormir, pour veiller toujours, pour résister au pire, mais qui croit réellement au pire ? Elle ne parvient pas à desserrer les doigts, à lâcher le récepteur. Tout au fond des mots continuent de grésiller.

— Catherine, qu'est-ce que je peux faire ? Elle refuse de m'écouter !

— Continue, elle finira bien par entendre.

Sophie avait d'abord refusé de transmettre certains de ces messages, ce n'était pas son rôle. Mais il avait fallu, dans ce cas précis, parer au plus pressé, atteindre les familles avant que des nouvelles incomplètes et plus désastreuses ne leur parviennent de l'extérieur.

— Écoutez-moi, ce n'est pas fini. Je ne vous aurais pas appelée si c'était fini, quelqu'un serait allé chez vous pour vous prévenir. Si je vous ai appelée, c'est parce que...

Une corde glisse au fond du précipice ; mais on dirait que chaque nœud, chaque parole se dissout dans l'espace.

— Il y a des survivants. Vous m'entendez ? Des survivants. Survivants. Survivants...

Ce mot-là se fraiera-t-il un passage ?

Rien. L'horloge encastrée dans le mur débite une à une ses minutes. Le temps s'agglutine.

— Insiste, elle n'a pas raccroché, dit Catherine.

— Un accident, oui, mais pas comme les autres. L'emplacement de la chute a été rapidement repéré. L'appareil accidenté a percuté dans le désert, dans un sable très mou, une partie de la carlingue a été épargnée. Un avion de reconnaissance a déjà survolé les lieux et des survivants ont été aperçus, les secours sont en route. D'ici à quelques heures nous saurons tout. Si je vous ai appelée c'est pour que vous sachiez cela avant la sortie des journaux, avant que la radio ne propage la nouvelle, leurs informations risquent d'être incomplètes. Vous m'avez entendue : des survivants !

— Des survivants ?...

— Enfin, elle m'a répondu !

Sophie se redresse, reprend son souffle, s'appuie contre le dossier de sa chaise : « Enfin ! »

— Oui, des survivants, reprend-elle.

La voix répète :

— Des survivants.

Un mot à dire, à redire jusqu'à la fin des temps. Sophie ne l'avait jamais entendu, ni

prononcé, ni imaginé comme cela, dans toute
sa plénitude.
— Des survivants !
Des sanglots comblent la distance.
— Rappelez l'agence à midi. Gardez espoir.

Un employé vêtu d'une longue blouse blanche avance, poussant devant lui une machine à
faire reluire les dalles. Il a une bonne tête
ronde et des moustaches tombantes.

Dans l'appareil, Sophie insiste :
— Il faut garder espoir.

Tout autour se déroule un autre univers où
ces mots-là paraissent excessifs, déplacés. Le
haut-parleur annonce un nouvel atterrissage,
un autre départ. L'employé sifflote tandis que
l'eau gicle autour de sa machine, plusieurs
brosses se déclenchent en même temps, elles
frottent et font briller le sol. Tous les matins,
regardant Sophie, l'homme emporte le regret
de la voir aussitôt repartir. Leurs heures ne
coïncideront-elles jamais ? Et si elles coïnci-
daient...

— Alors, pas trop longue cette nuit ? lance-t-il
sans attendre de réponse.

Chapitre II

C'était hier, il y a quelques heures à peine.
C'est maintenant. C'est toujours. Lana et
Pierre pénètrent dans l'aérogare. Les portes
vitrées s'écartent à leur approche. Les dalles
font rêver à des glissades dont on n'a plus
l'âge.

Sur l'escalier roulant, Lana se retourne. A
une marche de distance, Pierre la dépasse
encore d'une tête. Mais ses mains — aux doigts
courts, épais, aux ongles carrés — sont d'un
enfant. Pierre porte le même tricot anthracite,
souple, distendu, les pans de son écharpe sont
dénoués. Il a toujours l'air de rentrer du
dehors, d'être de passage, de rompre le moule
du vêtement, de l'enracinement, de la proche
quarantaine.

En face, sur le vaste tableau noir, les capitales voisinent. Océans, frontières abolis. Une même terre, enfin ! Merveille de l'aujourd'hui. « J'aime aujourd'hui. C'est ici, à cette époque-ci que j'aurais choisi de vivre. » De plus en plus de clefs à notre portée. De clefs, oui, mais où est la porte ? On la trouvera, la porte. Un jour, les humains trouveront la porte. Tout commence, ce n'est encore que le début. Lana se jette à corps perdu dans l'espérance. « Tu ne changeras jamais », aurait dit Pierre.

— Si le voyage se prolonge, tu me rejoindras ? demande-t-il.

— Oui. En attendant, tu m'écriras ?

— C'est promis. D'ailleurs, toi, je t'écris toujours.

— Tu ne pourras pas faire autrement, ta valise est bourrée d'enveloppes à mon adresse.

Ils rient. Il y a Pierre. Il y a Lana. Et puis ce « nous » qui se tient un peu à l'écart, à égale distance de l'un et de l'autre. Un complice qui se jette en avant quand il faut parer les coups, renouer, unir. Un « nous » qui garde le sourire, qui broie les violences, qui gomme les grands mots, qui remet les événements à leur place. Un « nous » bourré de sagesse, qui sait comment agissent les couples, comment ils se font ou se défont, pourquoi ils se jouent des tours, s'essoufflent, s'aiment moins, s'aiment à nouveau, peut-être pour toujours. Les années l'ont façonné, modelé, enrichi. Il sait ce qui mérite

20

patience, il distingue ce qui est passager de ce qui est indestructible. Quand on le rejette, chacun brandit ses propres désirs, les volontés s'affrontent, les égoïsmes se déchaînent ; si l'on n'y croit plus, l'ennui mine, détruit, alors mieux vaut la cassure que la résignation. Un « nous » qui se gagne, mais qui demeure fragile, exposé. Exposé comme tout ce qui compte. Un « nous » sans repos, qui combat, qui affronte, qui traverse parce que cela vaut la peine de traverser. Un « nous » qui vient de l'amour, qui va à l'amour, parce que le temps est une des dimensions de l'amour.

— Je suis bien avec toi, dit Pierre.
— Mais tu es aussi content de partir.
— Oui.

Dans la salle d'attente, le soleil ruisselle à travers les baies. Pierre déplie un des journaux dont il tient une pile sous le bras :

— Juste un coup d'œil.

La plupart des passagers sont là. Lana se retourne, les regarde. Elle pourrait passer des heures à observer les gens ; il lui semble alors — plutôt qu'elle ne les détaille — qu'elle se perd un peu au fond de chacun, qu'elle devient pour un moment l'un ou l'autre. Comment se comporteraient ces personnages, ou elle-même, si d'imprévisibles circonstances les tenaient enfermés dans un lieu clos, avec des compagnons que seul le hasard aurait désignés, et cela pour un temps assez long ? Dans une île par exemple, un bateau, la cave d'une maison écroulée ? Quelles intrigues se noueraient ? Quels drames naîtraient ? Comment chacun résoudrait-il ses attaches avec le passé ? Lesquels de ces êtres seraient différents de ce qu'ils sont, de ce qu'ils paraissent ? Quel autre soi-même sommeille au fond de soi ? Combien d'autres soi-même enfouis, enterrés ? Le sait-on, le saura-t-on jamais ?

— Je n'ai jamais l'impression qu'on se quitte, dit Pierre. Et toi ?

A ce moment, à ce moment précis — l'a-t-elle vraiment éprouvé ou est-ce seulement maintenant ? — ce poids sur la nuque, ce voile devant les yeux, ce pressentiment. Un moment, l'éclair d'un moment — cette noyade du cœur — juste avant que ne se déroule la scène avec l'enfant.

Deux religieuses entrent, tenant par la main un enfant de douze ans dont l'énorme casquette — portée bas sur le front — ne parvient pas à dissimuler les traits de mongolien. Derrière eux, vient la mère. Elle porte une valise et, suspendu au poignet, un filet contenant une grosse balle rouge. A peine dans la salle, les trois femmes s'arrêtent, gênées, comme devant le photographe. Puis elles cherchent un coin à l'écart, s'assoient, et parlent tout bas.

L'enfant se débat, essaie de se libérer, les religieuses finissent par lui céder ; et le voilà qui se lève, s'éloigne, avance tout seul. Elles le rappellent, mais il n'écoute pas. Il va droit devant lui. Fasciné, la face barbouillée de sourires, il marche vers le fond de la salle.

Tout d'un coup il s'arrête, se plante devant une jeune femme aux cheveux roux. Celle-ci le regarde, médusée, tandis qu'il se dresse sur la pointe des pieds, élève ses bras, touche le beau visage comme pour le saisir, l'emporter. Subitement, elle le repousse. Elle le repousse si fort qu'il vacille, perd l'équilibre, roule à terre sans un cri.

L'incident n'a duré que quelques secondes, certains passagers n'ont rien vu. La mère se précipite, tombe à genoux auprès de son fils, le couvre, l'enveloppe avec les pans de son manteau, le prend contre elle, le berce :

— Pourquoi ? Il ne voulait aucun mal. Il ne veut aucun mal, gémit-elle.

Une jeune fille en robe verte s'est soudain dressée, pâle, raide :

— Assez, maman, assez ! Regarde plutôt là-bas ce qui se passe, dit-elle à la femme au long collier de perles qui, depuis un moment, bavarde, ordonne, s'écoute parler.

Des mains se tendent vers la mère et l'enfant, on les aide à se relever. Trop de mains, trop d'yeux posés sur eux, elle souhaiterait plutôt que la terre s'ouvre, disparaître avec son fils pour toujours. Son compagnon entraîne la femme aux cheveux roux :

— Pourquoi as-tu fait ça ?

— Quand j'ai vu son visage si près, j'ai eu peur.

« Je connais tout ceci », pense soudain Lana, éprouvant, comme cela arrive parfois, ce sentiment du déjà vécu. « Exactement ceci. Ce même endroit, ces êtres-là. » Tout y est : la salle presque ronde, les vitres éclaboussées de lumière, dehors le ciel d'un bleu si frais. Tout y est : la jeune fille, debout, dans sa robe verte, bouleversée, révoltée, ne supportant plus en cette minute la vanité de sa mère, toutes les vanités ; le vieux couple couvant des yeux le jeune homme à lunettes qui est proche de son départ ; l'adolescent auprès de parents si jeunes qu'ils pourraient être ses frères ; les coiffes, semblables à de grands oiseaux captifs, des religieuses.

— Calmez-vous, Lydia, murmure la plus âgée prenant la mère par le bras.

Puis, elle s'occupe de l'enfant, lui remet sa casquette :

— Vous voyez bien, il a tout oublié.

— Sans moi, que va-t-il devenir ?

— Nous nous en occuperons beaucoup. Nous l'aimerons.

La seconde sœur, qui a le teint pâle des novices et leur œil étonné, se tient toujours sur la pointe des pieds, prête à intervenir.

L'enfant se laisse guider par les épaules — ses bras pendent comme des quilles —, se laisse asseoir, frissonne. Ses yeux sont embués.

Lydia se presse contre lui. Elle paraît de plus en plus maigre, de plus en plus étroite. Sa poitrine se creuse, ses joues se craquellent, ses bandeaux bruns absorbent ses tempes. Comment s'empêcher de mettre son bonheur en balance avec tout cela ?

— Qu'est-ce que tu as ? demande Pierre. Tu es si pâle tout d'un coup.

— Rien... Rien. Tu es là.

L'heure approche.

— Je vous écrirai tous les jours, Lydia. Mais avant de venir nous rejoindre, prenez ce mois de repos, vous en avez besoin, dit tout bas la sœur Berthe.

La novice avait tiré un chapelet noir de sa poche, elle l'égrène en ne quittant plus l'enfant des yeux.

— Je ne devrais pas m'en séparer, ma sœur. C'est la première fois qu'il me quitte.

« ...Le fruit de vos entrailles est béni », continue la novice.

— Le couvent est près de la plage, poursuit sœur Berthe dont le visage épanoui rassure, soulage. Il aura de l'air, la mer... Le médecin a dit qu'il valait mieux vous séparer quelque temps. Pour lui, pour vous, c'est mieux.

Lydia incline la tête. Peu après, se penchant à l'oreille de son fils qui se tient les bras croisés, prostré en avant :

— Voyage, Lucien. Voyage..., murmure-t-elle.

L'enfant a soulevé la tête, il écoute, il se fait répéter chaque mot, il cherche à prononcer à son tour :

— Vo-ya-ge...

— De l'eau. Du soleil, Lucien !

L'enfant dit :

— De l'eau !

Et soudain comme si une joie trop forte le submergeait, il se dresse sur sa chaise, il tressaute, il bat des mains :

— So-leil !... So...leil !

— Vous voyez bien qu'il est heureux, fait la religieuse.

Éperdue de reconnaissance, la femme saisit alors les mains de l'enfant, les porte à ses lèvres, les couvre de baisers. Puis, détachant le filet suspendu au dossier de la chaise, elle lui montre le ballon rouge :

— Pour toi, Lucien.

Il rit. Il se frotte la joue contre l'épaule de sa mère. Il rit encore, longtemps.

L'hôtesse a entrouvert la porte. Les passagers se groupent à présent autour d'elle.

La jeune fille en robe verte est partie la première. La femme aux cheveux roux fouille au fond de son sac pour trouver son billet d'embarcation, son compagnon s'impatiente : « Où l'as-tu encore mis ? » Les deux vieux embrassent le jeune homme à lunettes, puis, trop émus, se détournent et s'en vont dès que celui-ci s'engage sur la piste. L'adolescent salue nonchalamment les siens mais, prenant appui contre le mur, il les regarde s'éloigner, ne les quitte pas des yeux jusqu'à ce qu'ils s'engouffrent dans la carlingue. Un homme d'une trentaine d'années vêtu avec recherche, dont la serviette est marquée à ses initiales, S.B., précède les religieuses et l'enfant. La porte à peine franchie, ce dernier se rejette soudain en arrière, refuse d'avancer, tape des pieds, se retourne vers sa mère les yeux hagards, perdus. Alors celle-ci, les mains en cornet devant la bouche :

— Tu prends l'oiseau, mon grand. Tu vas vers le soleil.

L'enfant a entendu ; tout son corps s'apaise, il se laisse entraîner. Et jusqu'au bout, sans se soucier des regards braqués sur elle, oubliant, s'oubliant, la mère continue de crier de plus en plus fort, accompagnant, soutenant l'enfant de sa voix :

— Soleil. Voyage, Lucien ! Maman va venir. Maman vient.

— Souviens-toi que je t'aime, dit Pierre tourné vers Lana une dernière fois.

Lana cherche l'avion dans le ciel ; il est déjà loin. « Pierre. » Un regret, une ombre qui passe, le temps d'éprouver que l'amour est vivant, un oiseau aux plumes tièdes, au sang vif.

Que voit Pierre, à présent, de son hublot ? De si haut, à quoi ressemble la ville ? Regarde-t-on suffisamment d'assez loin, d'assez haut ? De si loin, de si haut, à quoi ressemble la vie ? A quoi ressemble Lana ? Et Pierre pour Lana ? Et Lana pour Pierre ? De si loin, de si haut, qu'est-ce qui s'estompe, qu'est-ce qui se voit encore ?

De chaque côté de l'autoroute, qui file d'un seul élan vers la cité, les arbres, les champs sont bientôt remplacés par des pâtés de maisons, des files d'immeubles, des usines. Une voiture blanchâtre, conduite par le compagnon de la femme aux cheveux roux, vient de doubler celle de Lana.

A l'entrée de la ville, le ciel a brusquement viré au gris, un goulet d'étranglement paralyse les voitures. Les piétons se hâtent, le pas court, le front plissé. Quelque chose vous étreint. Un automobiliste s'en prend à un autre, la colère le défigure. Le ciel se plombe de plus en plus, la ville s'obstine dans ses pierres, arbore son masque de fumée et de rides. On voudrait être loin. Voir, toucher la mer. Se perdre dans une forêt. Respirer. L'absence de Pierre, c'est soudain toute l'absence. Mais il y a, il y aura d'autres instants. Ils reviennent. Toujours ils reviennent. Il faut se souvenir qu'ils reviennent.

A ces instants-là, pour tous les vergers de la terre on ne s'éloignerait pas de ces toits d'ardoise, de ces rues encombrées. On voudrait ne jamais manquer le printemps entre ces pierres, ou même l'hiver sur ces jardins, les marronniers et les réverbères qui voisinent, l'oiseau posé sur une balustrade en fer. On renoncerait à tous les voyages pour ces bâtisses-là, pour cette foule, pour le bonheur d'être anonyme, perdu, confondu, mêlé, partie de cette ville. Le bonheur de ne plus appartenir. De se sentir libre. Libre. Si libre. Plus libre que nulle part ailleurs.

Mireille joue au fond de l'impasse, saute à

cloche-pied devant la loge où sa mère prépare le repas du soir :

— Alors, il est parti ?

— Oui, dit Lana.

— Je voudrais monter dans un avion.

— Un jour, tu y monteras.

— Ce soir, je me promène sur les toits, maman l'a permis.

— Tu crois qu'il fera beau ?

— C'est sûr, c'est l'été. Je marcherai au-dessus de ta chambre.

— Je t'entendrai ?

— Tu m'entendras.

L'ascenseur s'arrête à l'étage le plus élevé, Lana tourne la clef, pousse le battant de la porte.

— Seule.

Le mot cette fois résonne bien. Pile ou face les mots. Non, plus que cela, une infinité de faces. A force de les utiliser, on ne connaît rien aux mots. On pourrait jouer avec un seul d'entre eux. L'habiller de jour, de nuit. Le barbouiller d'émotion ou bien l'aiguiser, le polir, l'analyser à la loupe, le panacher de drôlerie, le métamorphoser à coups d'humeur, de couleur. « Seul », c'est noir, c'est froid, c'est un tunnel, un gouffre. « Seul », c'est vif, c'est brûlant, c'est jaune et rouge, c'est une force multipliée. « Seul », c'est stupide, ça manque d'herbes, de cheveux, de racines, c'est bête comme un œuf dans un pré. « Seul », c'est le moyen de vivre toutes ses vies. « Seul », c'est tourner le dos à la vie, à la chaleur, à la passion de vivre.

— Seule et libre !

— Et alors ?

Qui ne possède des champs en friche, des océans assoupis, des bulldozers pour des régions incultes, des terres inexplorées, des ailes que le quotidien rogne, des cavales pour d'autres parcours, des regards pour d'autres regards ? Pierre aussi connaît cela, possède cela.

— Pourtant nous sommes ensemble.

— Le mariage, toute une vie, c'est inconcevable, dit Pierre.

— Le mariage j'étais contre, j'étais contre depuis toujours, dit Lana.

— Comment a-t-on fait ? disait Pierre.

— Je hais les liens. Je déteste appartenir, disait Lana.

— Pourtant nous sommes ensemble.

— Libre, c'est quoi ?

— Choisir...

— Une fois pour toutes ?

— Non, souvent, très souvent. Chaque jour.

— Le bonheur, c'est quoi ? C'est où ?

— Dans le travail, les plaisirs, en l'autre...

— Un peu dans tout.

— Devant soi ? Derrière soi ? A côté ? Au-dedans ?

— Oui, au-dedans.

— Mais l'événement, le hasard, la chance ?...

— C'est exact. Mais, au-dedans tout de même.

— A la portée de tous ?

— Peut-être. Sans doute. Je ne sais plus.

— Il faut être lucide. Lucide.

— Au diable la lucidité.

Lana ouvre toutes grandes les fenêtres, le ciel a rebleui et se déverse dans la chambre. Elle se couche par terre, sur le dos, étend les bras. « Libre ! » Faire ce qu'on veut, quand on veut. Libre. Le mot est plein d'espace. Elle ferme les yeux, sachant déjà tout ce qu'elle ne fera pas.

Mireille a raison. C'est l'été. Le plein été. Une saison pour marcher sur les toits, pour prendre des avions, pour traverser les mers. Que fait Pierre, à cette seconde ?

Lana entend au-dessus d'elle de petits pas, à la fois fermes et légers, on dirait que Mireille porte des semelles en feutre. Elle va, vient, le long de la passerelle que protège une haute balustrade ; parfois, elle s'y accoude, contemple la ville à ses pieds. Un gros ver luisant, cette ville ; des milliers de vers luisants dont Mireille, avec ses nattes courtes, sa robe jaune électrique, est pour un soir la bergère.

Plus tard elle s'appuiera contre la souche d'une cheminée, qu'on pourrait prendre — à cause de ce capuchon en forme de heaume ou de mitre — pour un chevalier sans royaume ou un évêque sans église.

— Plus haut, plus haut, Mireille ! clamera l'évêque du plein vent. Tu n'as pas besoin de cabine plombée.

— Viens, viens, Mireille, suppliera le chevalier des toits. Par-delà la poussière d'étoiles, il y a des plates-formes, une prairie, des cirques et puis des crépuscules.

— Des nuages..., dirait l'évêque à la barbe invisible, des nuages blanc bleuté s'éclaireront chaque fois que tu mettras le pied dessus.

— Fais vite, petite fille, reprendrait le chevalier. Bientôt tu ne sauras plus tenir une étoile dans ta main.

— Il te faudra un livre pour parler à la lune.

— Des vêtements pour l'espace.

— Des tampons, des papiers.

— Apprends la terre vue d'ici ; ça vaut la peine.

— L'univers de plus loin, ça vaut la peine.

— Plus haut, plus haut, allons, monte, nous sommes à côté de toi...

Lana entend de moins en moins, les voix s'affinent, s'essoufflent. L'écran du sommeil tombe, isole. Les creux du sommeil aspirent.

Lana se glisse dans ses draps, s'abandonne délicieusement.

Mireille referme derrière elle la porte des toits, Lana perçoit le claquement métallique.

La main sur la rampe, Mireille descend, sans doute, les marches. Oui, Mireille descend, s'enfonce, s'enfouit dans les entrailles de l'immeuble. La cage de l'escalier gravite. Tout gravite et se rétrécit. « Il faut sans cesse monter, descendre, aller d'un palier à l'autre. Sauver les toits. Sauver le sol. Monter. Descendre. En bas, se rappeler les toits. En haut, se souvenir du sol. Remonter. Redescendre. » Les images défilent, vous entraînent, échappent.

Mireille tourne et vire, tourne et vrille. L'escalier est de plus en plus obscur, mystérieux. La nuit de plus en plus opaque. Lana sombre, se laisse boire.

Mireille hésite sur la toute dernière marche. La minuterie s'éteint toujours avant qu'on ne soit arrivé.

Chapitre III

— Gardez espoir.

Depuis des heures, Lana tourne en rond dans sa chambre. Lentement, la phrase chemine. « Il faut garder espoir. » Des accidents, des maladies, il y en a eu. Des tempêtes en mer, des orages en montagne ; d'autres voyages, d'autres bateaux, d'autre avions. « Mais tu enjambes les obstacles, tu déjoues le destin, tu guéris, Pierre... »

— C'est cela, aligne des raisons puisqu'elles te sont favorables, additionne des souvenirs. Trie, choisis, invente. Échafaude. Enracine-toi où tu le peux. Berce-toi. Rassure-toi. Aveugle-toi autant que tu le peux.

Les vagues frappent, se retirent, reviennent, contradictoires, se doublant, se dédoublant.

Lana tourne en rond dans ses pensées.

— Je dis ce qui est, certains ont l'étoile.

— Pour un temps.

— La force, ça compte. Le courage, ça compte.

— Tout cède au temps.

— L'étoile, ça existe.

— Rien n'existe pour toujours.

N'était-ce qu'un cauchemar ? A-t-elle vraiment entendu l'appel de tout à l'heure ? Lana téléphone. On la renvoie d'un service à un autre. Des voix se succèdent. L'hôtesse en question est déjà partie. Les autres sont vaguement au courant. Ils ne peuvent pas répondre. « Attendez. » Quelqu'un confirme :

— Oui, il y a des survivants. Appelez l'agence plus tard, vers midi.

Ce n'est plus la voix de cette nuit. La voix terrible, mais fraternelle de cette nuit.

— Je veux y aller tout de suite.

— Ils ne sauront rien de précis encore. Il faut attendre.

Comment broyer les heures de cette matinée qui commence ? Éteindre, rallumer la radio, ouvrir un journal, le rejeter, prendre un café après l'autre, téléphoner à un ami, y renoncer de peur de propager la nouvelle et que d'autres y croient, admettent le pire. Aller, venir, tourner en rond, annuler, disperser chaque minute, s'emparer d'un objet, s'en défaire, entrouvrir un livre, le refermer. Prendre, puis garder un objet dans la paume, n'importe quoi — ce coupe-papier, cette boîte d'allumettes — le tenir, le passer d'une main dans l'autre, y trouver un fragile réconfort.

Soudain, ne plus rien supporter, ne plus se supporter. S'habiller en hâte, sortir. Fuir. Se fuir.

Un mouchoir noué autour de sa tête, la concierge balaie l'entrée :

— Déjà dehors, madame Moret ?

Mireille avale son bol de lait devant la fenêtre qui donne sur l'impasse.

— Hé, madame. Tu m'as entendue, hier soir ?

— Je t'ai entendue.

Cette nuit, qui parlait à la nuit ? Elle ou l'enfant ? Qui marchait sur les toits ? Qui se penchait sur la ville ?

— Goûte, c'est bon.

Debout sur sa chaise, Mireille lui tend une tartine.

— Je n'ai pas faim.

— Maman trouve mes promenades idiotes.

Plus bas :

— Je m'en fiche, je me promène pour moi toute seule.

— Pour moi aussi.

Durant quelques instants, il n'y eut plus devant elle que ce visage de petite fille.

— Pour toi aussi.

Son balai à la main, la concierge ouvre la porte de la cuisine :

— Mireille ! Ça suffit ! N'ennuie pas Mme Moret.

Lana :

— Non, je vous assure, elle ne m'ennuie pas.

Cette halte, elle aurait voulu la prolonger.

La mère :

— Assieds-toi et mange, Mireille.

— Laissez-la. Laissez-la me parler...

Les mots s'étranglent ; Lana se détourne brusquement, s'écarte, se hâte vers la rue.

C'est terrible une grande personne qui pleure, c'est comme si la terre s'effondrait sous vos pas.

— Vois ce que tu as fait, maman. Vois ce que tu as fait ! hurle Mireille.

Le temps se bloque, se plaque, sa trame est de plus en plus serrée. Lana quitte un banc pour un autre, un trottoir pour celui d'en face, une rue pour la suivante. Il fait chaud, elle ôte sa veste, la traîne à bout de bras, marche à la dérive, perdant au fur et à mesure le souvenir de son parcours. Les minutes stagnent, s'enferrent.

La vitrine d'un marchand de primeurs renvoie à Lana son image. Elle reconnaît à peine cette noyée dont la tête flotte, flotte absurdement, au-dessus d'une pyramide d'oranges. Elle recule, reprend sa marche, pousse le temps devant elle. Mais s'il fallait, tout au contraire, retenir ce temps, empêcher que la bobine ne se dévide, faire que l'instant s'amarre ? Ne plus bouger. S'interrompre ? Interrompre ? Se tirer du jeu ? Creuser un trou dans le temps ? S'y incruster ?

Lana va où ses pas la conduisent, poursuivant la courbe d'un trottoir, imitant le trajet d'un passant, se fixant pour limite un arbre, pour but un feu rouge, un arrêt d'autobus, une bouche de métro. Pour résister aux pensées qui assaillent, elle laisse tout pénétrer en vrac : slogans, noms de boutiques, lambeaux de phrases auxquels parfois se raccrochent des bribes de son propre délire. « Picardie la belle. Vacances en Auvergne. J'achète tout. Temps difficiles. Temps des rois. Bouche cousue. Jamais le loriot ne reviendra. Défense de stationner. Défense d'afficher. Défense de comprendre. Défense de savoir. Personne ne saura. Le baromètre du 1022 est au beau fixe. La télé-évasion. Respirer à trois mille mètres en trente secondes. Les satellites bientôt. Boire. Ne pas boire. Enfants d'alcooliques. Velours de l'estomac. Plaisir de boire ne dure qu'un moment. Plaisir de vivre. Amour de vivre. Toujours plus blanc. Du blanc de la mort. Du bleu de la mort. Blanc et plus blanc. Lave mieux. Mieux et toujours mieux. Finis. Fini. La fontaine de jade. Pas de fin aux fontaines. Autour des fontaines iront Pierre et Lana... »

— Vous n'êtes pas trop pressée ? demande le chauffeur de taxi en se retournant.

— Si.

— Les gens sont tous pressés ! Et tout ce temps qu'on gagne, qu'est-ce qu'on en fait, je vous le demande ?

Lana n'en pouvait plus d'attendre, elle a préféré se rendre à l'agence, devancer l'heure.

Le chauffeur bougonne :

— Vivement l'hiver. On étouffe dans la ville.

— Vous préférez l'hiver ?

— En plein été.

Il rit :

— En janvier, c'est tout le contraire.

Les dernières minutes sont les plus longues, Lana n'en peut plus de se taire :

— Vous avez lu les journaux ?

— Pas encore. Pourquoi ?

— Vous n'avez pas entendu parler de l'accident ?

— Ah, je sais, c'est horrible. Deux cent dix

mineurs enterrés. On espère en sauver quelques-uns.

— L'autre accident...

— Lequel ?

— L'avion, la nuit dernière...

— Non, je ne savais pas. Une autre catastrophe ? Alors, là, personne n'en réchappera.

— Cette fois, il y a des survivants.

— Des survivants ! Vous parlez. Des bobards de journalistes, oui.

La femme s'est brusquement jetée en avant, les mains crispées sur le dossier du siège :

— Vous vous trompez, il y a des survivants !

Elle a crié ces mots, et la regardant dans le rétroviseur le chauffeur a compris.

Devant l'agence, elle descend, sort son portefeuille.

— Vous ne me devez rien.

— Pourquoi ?

— Je souhaite... je vous souhaite... Pour rien.

Il ne sait pas trouver les mots qu'il faudrait dire, et aussitôt il démarre.

Dans la file de stationnement, il prend le journal posé sur le siège et s'empresse de le déplier.

Lana traverse le hall d'entrée. Dès qu'il entendit son nom, un jeune homme quitta en hâte le guichet et on l'introduisit dans une pièce attenante. Quelqu'un s'avançait vers elle :

— Je me présente, André Leroc. Moi aussi, madame Moret, je n'ai pas pu rester chez moi, attendre, communiquer plus tard par téléphone. Quelle nuit atroce ! Mais à présent, nous pouvons être rassurés, les nôtres ne sont pas parmi les victimes. Le directeur nous le confirmera sous peu. Regardez, les Klein aussi sont là.

Elle reconnut, dans un coin de la salle, les deux vieux assis l'un près de l'autre.

— Quelle nuit ! J'avais deux personnes à bord, ma femme et ma fille. Et vous, madame Moret, c'était...

— Pierre.

— Ah oui, votre mari. Je vous le répète, il fait partie des rescapés. Au début, personne n'a voulu parler ici, on cherchait même à m'éloigner, me demandant d'avoir encore un peu de patience, de rentrer chez moi. C'était tout de même inconcevable ! A force d'insistance, j'ai obtenu que le directeur nous reçoive. Il y a quelques instants, une petite secrétaire m'a refilé la liste.

— Quelle liste ?

— Celle des victimes. Sur les vingt-sept passagers, il y a eu dix-huit victimes, toutes identifiées au cours de la nuit. J'ai appris que dans ce cas, quelqu'un est chargé de se rendre à domicile et d'annoncer la catastrophe, avec le plus de ménagements possible, aux malheureuses familles. Pour nous, cela a été différent. J'ai tranquillisé les Klein aussi... Les nôtres n'étant pas sur la liste des disparus, c'étaient donc eux les survivants. Neuf survivants !

Lana ferme les yeux, tout tourne, la joie est trop immense pour l'exprimer.

— Ma fille Martine, continue M. Leroc. Je ne sais pas si vous l'avez aperçue hier, à l'aérodrome. Peu avant le départ, cette pitoyable scène avec ce pauvre enfant avait bouleversé Martine. Une jeune fille si pondérée, si calme ; mais, comment dire, d'une sensibilité toute rentrée. Inquiétante parfois. Autant sa mère est impulsive, autant Martine... Ma femme, Florence, vous voyez qui je veux dire ? Grande, blonde, de l'allure, de l'assurance. Vous l'avez certainement remarquée ? Vous-même, madame Moret, vous n'avez pas d'enfants ?

— Non, je n'ai pas d'enfants.

Hier, M. Leroc paraissait minuscule, malgré son embonpoint que dissimulait à peine un costume foncé à fines rayures. Hier, il n'y en avait que pour Florence, triturant son collier de perles, agitant sa main baguée, surchargeant son époux de courses à faire durant son absence. Toute la salle pouvait l'entendre : « Tu n'oublieras pas, André. Tu téléphoneras... tu paieras... tu retiendras... »

— Un vrai miracle ! Mais quelle effroyable nuit ! Ma petite Martine, j'ai peur qu'elle ne s'en remette jamais. Qu'en pensez-vous, madame Moret ?

Hier, Martine, soudain dressée, criant : « Assez ! » Et avant cela, à l'écart, lisant son livre, comme on laboure, fouillant les pages avec une sorte de passion. « Quel est ce livre ? » s'était demandé Lana. Plus tard, Martine aidant l'enfant à se redresser, fouillant ce visage. De nouveau, Martine, dans sa robe verte, debout, face à sa mère, et ce cri : « Assez ! »

— Ça ne vous incommode pas que je fume ? demande M. Leroc, tirant un cigare de son étui.

Puis, faisant claquer plusieurs fois sa langue contre son palais :

— Pour une jeune compagnie d'aviation comme celle-ci, une catastrophe pareille c'est un coup dont on se relève difficilement.

Avec les gestes d'hier, Émilie Klein, assise au bord de sa chaise, tire sur sa robe pour dissimuler son jupon défraîchi.

— Quand René sera devant mes yeux, j'y croirai, dit-elle.

— Mais puisque ce monsieur a vu la liste...

— Je lui avais répété qu'il était préférable de prendre le bateau.

— Il faut être de son époque, Émilie. C'est nous qui l'avons élevé, ajoute-t-il tourné vers les deux autres. A trois ans, il n'avait plus sa mère, ensuite son père, notre fils est mort à la guerre. René, pour nous, c'est tout.

Lana le revoit, pas très grand, avec des épaules carrées ; il portait des lunettes.

— Il est instituteur, reprend le vieux. Il voulait partir pour l'Afrique, ça lui plaisait d'enseigner là-bas.

— Je n'aurais pas dû céder, je n'aurais pas dû le laisser partir, surtout en avion...

— Puisqu'on te dit que tout va bien.

— Il ne faut jamais céder.

— C'est plus sage de céder, Émilie, tu sais bien que les jeunes font ce qu'ils ont décidé de faire.

Elle soupire :

— Qu'est-ce qu'on va devenir ?

— C'est plus beau qu'avant, réplique le vieux. C'est comme s'il vivait deux fois. C'est comme si on nous le donnait une seconde fois...

— Quels sont les autres survivants ? demanda Lana.

— J'ai fait ma petite enquête, Jean Rioux et sa femme. Lui, c'est un peintre assez connu. Vous en avez peut-être entendu parler ? Ils n'ont qu'un fils, Marc. Hier il les accompagnait.

Lana les avait remarqués, ce père et ce fils, leur ressemblance était frappante. Craignant que Pierre n'éprouve à les voir le regret de l'enfant qu'ils n'ont pas eu, elle s'était rapidement détournée. Elle se souvenait de la femme aussi, trente-cinq ans peut-être. Dès le début, celle-ci s'était postée devant l'immense baie vitrée, absorbée par tout ce qui se passait à l'extérieur.

— Mais où est notre avion ? avait-elle dit au bout d'un moment se retournant vers les siens.

Le fils avait, nonchalamment, levé le bras en direction de la piste d'envol :

— C'est celui qui s'avance.

Depuis qu'il était entré, il n'avait pas échangé un seul mot avec son père ; mais ils étaient restés l'un près de l'autre, liés, aurait-on dit, par une sorte de silence.

Un homme, l'air furieux, traversa la salle d'attente, sans saluer personne. Puis, frappant à une porte, il tourna la poignée avant qu'on ne lui réponde, et entra dans le bureau du directeur.

— Hier, il accompagnait la femme aux cheveux roux, dit Leroc. Elle fait aussi partie des survivants. C'est heureux, une si belle personne. Lui, s'appelle Jacques Lomont, c'est un journaliste. Ces gens-là sont toujours à bout de nerfs.

— Et l'enfant ?

— Qui ça, le mongolien ?

— Oui.

— Il vit, lui aussi. Pourtant, dans ce cas, il aurait mieux valu...

— La mère de l'enfant ? interrompit Lana.

— Elle n'est pas venue. La famille de Serge Blanc non plus. Vous vous souvenez, cet homme d'une trentaine d'années, élégant, assez beau ? Florence m'avait fait remarquer la coupe de son veston. Il paraît qu'il est séparé de sa femme, et que c'est sans doute une autre qui a téléphoné. Quand elle a appris qu'il en avait réchappé, elle a crié de joie ; mais dès qu'on lui a demandé son nom, elle a raccroché.

La porte s'ouvrit.

Le directeur apparut en compagnie du journaliste. Ses traits étaient tirés, il tenait ses lunettes à la main.

— A présent, dites-leur, commença brusquement Lomont.

Le directeur hésitait. Il pressa ses doigts contre ses paupières ; des boutons d'onyx ornaient ses manchettes immaculées :

— Il m'est très pénible, en ces cruelles circonstances...

— Où sont-ils ? interrompit le vieux Klein.

— Quand pourrons-nous les voir, ou du moins les entendre ? poursuivit Leroc.

— Hélas ! les choses ne sont pas si simples.

— Pas si simples ? Mais qu'est-ce que ça veut dire ?

Il replaça ses lunettes sur son nez ; soudain tous ces visages lui parurent toucher le sien.

— Mais où sont-ils ? répéta François Klein.

— Durant toute la nuit, les nouvelles n'ont cessé de nous parvenir. Un avion de reconnaissance s'est rapidement rendu sur les lieux de la catastrophe.

— Mais après ? Après...

— Ce premier avion a d'abord tournoyé autour de l'épave, mais il était de trop grande dimension pour pouvoir atterrir et même pour voler assez bas.

— Et ensuite ?

— A cause de cette distance... certains membres de l'équipage ont pris pour... Enfin, l'émotion, les lumières des projecteurs braqués sur les débris de l'appareil, les ombres ont pu d'abord laisser supposer...

— Mais supposer quoi ?

— Dès le début, nous avons jugé de notre devoir de vous prévenir avant que vous n'appreniez la catastrophe. La catastrophe sans l'espoir. Un espoir que nous étions alors, nous semblait-il, en droit de vous donner.

— Et maintenant, maintenant ?

Leurs voix se chargeaient d'une angoisse presque insoutenable.

— Les équipes de secours ne sont parvenues sur les lieux que dans la matinée. Sur les vingt-sept passagers ils ont pu identifier dix-huit victimes.

— C'est cela, c'est bien cela, s'exclama M. Le-roc, il reste neuf survivants !

— Je me vois, hélas ! dans l'obligation... je dois vous dire... que les premiers rapports sont incomplets, inexacts. C'est la première catas-trophe qu'a subie cette compagnie... Peut-être que cette nuit — à ce sujet je suis dans une certaine mesure d'accord avec M. Lomont — nous avons agi trop hâtivement.

— Mais quoi ? Qu'est-ce que vous cherchez à nous dire ?

— Qu'il n'y a plus personne ? Pas de survi-vants ?

— Pas un seul ?

— Un seul. Oui, c'est cela. Il reste un seul.

— Mais les autres ?

— Les huit autres ?

— Méconnaissables.

— Un survivant ?

— Mais alors, qui ?

— Qui ?

— Nous l'ignorons pour le moment.

— Mais nous le saurons bientôt, reprit le directeur.

Ces choses dites, il éprouva un mélange de pitié et d'irritation contre eux tous.

— Je vous demande du courage, de la patience. Je me mets à votre place, je sais combien...

Il continua :

— Un siège a été découvert loin de l'épave, éjecté par miracle. Au bas de ce siège il y a des pas ; et ces traces se prolongent, s'enfoncent dans le désert. D'autres preuves, confirmant celles-ci, indiquent clairement la présence de quelqu'un s'éloignant, s'écartant des lieux. Cette personne où est-elle ? Qui est-elle ? On l'ignore pour le moment. Commotionnée par le choc, il est très possible qu'elle se soit avancée très loin sans savoir comment se diriger, et que, plus tard, des nomades l'aient secourue, emmenée. Dans ce cas, nous la retrouverons dans l'une des proches oasis. Les recherches ont commencé. Pour l'instant, il semble qu'après cette enfilade de pas — dont le cours sera étudié, fixé — il n'y ait plus rien. Nous attendons la conclusion des experts.

Le directeur voudrait, à présent, trouver un ton plus chaleureux. Il possède la mémoire des noms propres, et s'adresser à chacun personnellement est un moyen, lui paraît-il, d'exprimer sa sympathie :

— Vous êtes madame Moret ? demande-t-il s'adressant à la plus jeune des deux femmes.

Mais celle-ci ne paraît pas l'entendre. Se

tournant alors vers le couple, qui ressemble à de vieux moineaux trempés de pluie :

— Monsieur et madame Klein, n'est-ce pas ?

— Oui.

— André Leroc, dit l'homme au cigare prenant les devants.

— Oui, monsieur Leroc, je sais qui vous êtes.

Ils échangent un rapide sourire.

— Les rapports, poursuit-il, restent à votre entière disposition, et vous seront communiqués dès que vous en ferez la demande au fur et à mesure de leur arrivée. Appelez-nous autant de fois que vous le désirez. Nous ferons tout ce qui est en notre pouvoir pour éclaircir... pour que...

La voix du directeur s'infléchit, s'éloigne, se disperse. Chacun n'entend plus que les battements de son propre cœur. Le balancier de l'horloge débite un temps mort. Un cri rompt soudain le silence :

— C'est Pierre, le survivant !

Émilie Klein a levé vers Lana son étroit visage de souris, les autres la regardent, stupéfaits :

— C'est Pierre, insiste-t-elle.

Haussant les épaules, Jacques Lomont sort lentement, laissant la porte grande ouverte derrière lui.

— Je dois partir, dit Lana. Tout de suite.

— Vous ne m'avez sans doute pas compris, madame Moret, reprend le directeur d'une voix plus sourde. Je n'ai pas prononcé de nom. Dans l'état actuel des choses, il est d'ailleurs impossible...

Il faut dire et redire : « Pierre. » Que le nom s'ancre dans le temps, dans la tête de chacun, que la chair ressuscite tout autour.

— C'est Pierre, j'en suis certaine.

— Rien ne vous autorise à...

— Vous ne pouvez pas l'empêcher de partir si elle le désire, dit André Leroc.

— A quoi cela servirait-il ? Seules des personnes ayant une connaissance suffisante du désert pourraient faire avancer l'enquête.

— Je dois partir.

— C'est comme vous voulez. Mais il nous sera impossible de vous trouver un passage avant quarante-huit heures.

Chapitre IV

— Pierre, c'est toi le survivant. C'est toi !
Autrement tiendrais-je encore debout ?

Dans le hall des gens se renseignent, attendent, bavardent, se pressent devant les gui-
chets. La sonnerie des téléphones, le cliquetis
des machines, les tiroirs métalliques glissant
et reglissant dans leurs rainures, la porte
d'entrée qui s'ouvre, se referme, s'écarte de
nouveau, forment un bruit de fond perpétuel.
Perpétuel.

— Où que tu sois, je te retrouverai, mon
amour...

Le cœur bat contre ses propres rochers, se
noie dans ses propres cavernes. La rumeur du
sang recouvre le brouhaha de la salle.

— Ta mort, ça n'existe pas. Ton absence, oui,
mais pas ta mort.

Lana avance, personne ne se retourne, ne comprend, ne la regarde. Chacun marche à l'intérieur de ses propres limites, entre les uns et les autres les distances paraissent infinies.

Tirant un garçonnet par le bras, une femme vient de pousser la porte vitrée. Apercevant Lana, elle se dirige rapidement vers elle :

— Je vous reconnais, vous étiez là hier. Dites-moi ce qu'on vous a dit. Quand devons-nous les revoir ?

— Je n'en sais rien.

— Vous savez, vous savez sûrement. Je suis madame Barsow, Lydia Barsow. L'enfant à la casquette, c'était le mien.

— Je ne me rappelle pas.

— Mais si, hier, vous m'avez aidée à me relever. Vous n'avez pas cessé de nous regarder. Pourquoi ne voulez-vous pas me le dire ? Je sais qu'il est en vie. Je vous demande où il est, c'est tout.

— Ils se sont trompés, ils vous expliqueront.

— Comment, trompés ?

Elle s'agrippe au poignet de Lana ; hier aussi, elle avait ce visage triste mais déterminé, volontaire.

— Dites-moi. Il faut me dire.

— Il n'y a qu'un seul survivant.

— Ce n'est pas possible, un seul ?

— Un seul.

— Je ne comprends pas. Comment un seul ?
— Un seul. Ils vous le diront.
— Mais alors qui ? Qui ?
— Pierre.
— Qui est Pierre ?

Fasciné par les reproductions au mur, l'enfant gigote, se débat, trépigne jusqu'à ce que sa mère lui lâche la main. Enfin il s'échappe et court se planter sous la pente neigeuse, qu'un jeune homme en veste rouge dévale à toute allure.
— Vous mentez, dit Lydia.

Le petit garçon s'est encore rapproché de l'affiche, s'élevant sur la pointe des pieds, il a allongé le bras et parvient, du bout de l'index, à toucher la belle neige poudreuse.
— N'est-ce pas que vous avez menti ?
— Je ne sais plus.
— Qui est le survivant ?
— Personne ne sait. Personne.

L'enfant de Lydia a des cheveux noirs, bouclés, un nez droit, une bouche rieuse. Il est là, il remue, il vit. Agenouillé auprès d'une table basse, il tire à lui toute la pile de prospectus dont il s'emplit les poches.
— Mentir ne le ramènera pas. Si c'est comme vous venez de le dire, le survivant est à chacun

de nous. A tous. Croyez-vous que c'est plus supportable la mort d'un enfant ?

Les joues en feu, le petit garçon revient et, entrouvrant le sac de sa mère, il le bourre de tout ce que ses propres poches n'ont pu contenir.

— Vous l'avez, lui, dit doucement Lana.

— C'est la première fois que j'ai accepté de me séparer de Lucien. Je n'aurais pas dû.

Avant de partir ses yeux imploraient, comment effacer cette dernière image ? Au moment de la catastrophe, il a peut-être cru que c'était elle qui l'avait précipité dans le feu, que c'était elle qui l'avait rejeté, trahi.

— Aucun enfant ne remplace un autre. Et ceux-là, ces enfants-là... Non, vous ne pouvez pas savoir.

« Ils n'ont pas d'esprit. Rien qu'un cœur, mais si vaste. Vaste et friable... On se lie par d'autres fibres, mais profondes aussi, enracinées aussi, à ceux qui ne dépendent que de vous, qui ne sont rien sans vous. Bernard est beau, intelligent, vif. Mais Lucien... Comment expliquer ces choses ?

« Lucien, c'est... comment dire ? Toute l'innocence, toute la bonté... »

Un océan de bonté, un ciel d'innocence, sans les ombres. Tandis que les gens continuent d'aller et venir, Lydia tient toujours le bras de Mme Moret, mais les mots ne passent plus.

Pourtant, tout ce qui se rapporte à l'enfant l'envahit, la submerge, l'entraîne, en cet instant encore, dans un courant rapide où flottent les épaves de souvenirs, auxquelles Lydia se raccroche, avant que celles-ci à leur tour ne sombrent, aspirées par le fond des mers. Un soir, Nicolas s'est emporté et a giflé l'enfant. Il fallait le comprendre, lui aussi, rentrant épuisé d'un travail qui ne lui plaisait pas, buvant trop (c'est ce qui l'a finalement emporté), se sentant atteint, diminué, humilié par l'aspect de ce fils. Son fils. Que de fois ensuite a-t-elle vibré, résonné, dans sa tête à elle, cette gifle ; raturant, brouillant les jours les plus clairs. Le jour des noces de sa sœur — la mariée descendant les marches de l'église, la brise s'insinuant dans sa robe, dans ses voiles, les transfigurant en un bouquet d'ailes — noirci, entaché. Le jour des trois ans de Bernard — les bougies, les petites flammes jaunes flottant par-dessus le gâteau blanc, les enfants qui applaudissent, Lucien qui applaudit — éclaboussé, assombri. Le bruit sec de cette gifle l'éveillant en pleine nuit, la jetant hors du lit, la précipitant au chevet du petit ; et là, s'agenouillant, glissant furtivement les doigts le long des paupières dans la crainte d'y sentir des larmes. Maintenant encore, le claquement de la gifle ; l'enfant ne bronchant pas sous le choc, l'horrible silence qui a suivi. Puis, de nouveau, l'enfant, ses deux mains en avant, prenant, enfermant entre les siennes la main du père. La ramenant, la remontant, cette main, vers la joue meurtrie, l'apprivoisant, lui enseignant, lui révélant avec une douce patience le bienfait d'une caresse ; faisant que cette main effleure, frôle le visage, comme si ce n'était pas seulement son visage à lui, Lucien, mais tous les visages endoloris. Ranimant à travers cette caresse quelque chose en lui, quelque chose en son père. Se trouvant et se retrouvant tous les deux, comme ils ne s'étaient jamais retrouvés. S'aimant quelques minutes par-delà l'entente.

— Toute l'innocence... toute la bonté.

— Je l'ai aimé, hier, dès la première seconde, dit Lana.

Que faire ? Où aller ? Comment rompre ces deux jours qui vont suivre ? L'avenue est longue, longue, avec ses centaines de boutiques, ses kiosques à journaux, ses passants, ses marchandes de fleurs, ses vitrines. Surtout ne plus s'entendre, ne plus s'écouter, trancher les langues de l'hydre, s'introduire dans un temps neutre, se laisser happer par la foule, se soumettre à ses vagues, s'enrouler dans ses plis. Devenir multitude, s'enliser. Ne plus rien savoir. S'enfoncer dans le tunnel, l'étroit passage, jusqu'au moment où, de l'autre côté, m'apparaîtra ton visage : « Pierre. »

Alors, seulement, m'éveiller.

En attendant, pour attendre, endiguer hier, ne plus appeler demain, se changer en murs, en bois, en seuils. Se faire ardoise, brique, vitre. Suivre des yeux le défilé des voitures, se laisser obséder par le martèlement de ses propres talons sur la chaussée, se laisser assourdir par l'implacable rumeur de la cité.

Une auto, brusquement, freine au bord du trottoir. De l'intérieur quelqu'un appelle :

— J'habite de votre côté. Montez, je vous accompagne.

Le journaliste de tout à l'heure... « Son nom m'échappe. Quelque chose comme Beaumont, Aumont, Lomont. Oui, c'est ça, Jacques Lomont. »

— Je préfère rentrer à pied.

— Vous n'êtes pas en état de marcher. Venez.

Il se penche, insiste, ouvre la portière, lui tend la main :

— Croyez-moi, il faut venir.

Le parcours était semé de feux rouges, mais jusqu'à l'entrée de l'impasse ils ne s'étaient rien dit.

— C'était mieux, je vous remercie. Je me noyais.

— Vous voulez toujours partir ?

— Oui. Personne ne le cherchera comme je le chercherai.

— Si vous ne le trouvez pas ? Si c'était un autre qui...

— Je chercherai, je chercherai...

Elle répéta le mot avec une ferveur qui l'étonna elle-même, comme s'il continuait, par-delà les faits, à garder une signification.

Elle entra chez elle, referma la porte. Les murs cernaient de partout.

— Je chercherai, reprit-elle comme pour se délivrer de leur présence.

Qui était Pierre ? Où était Pierre ? Lequel de ces Pierre qu'elle imaginait ressemblait réellement à Pierre ? Et qu'est-ce que ça voulait dire « réellement » ? Les visages de Pierre avancent, s'effacent, se multiplient. Pierre est chacun d'eux et autre chose encore. Tout est encore possible. Tout.

— Tu ne t'es pas trompée, Lana. C'est moi le rescapé. Tout était calme à bord. Nous survolions l'Afrique. Soudain, les roues de l'avion se sont mises à vibrer, j'ai vu de la fumée au bout des ailes ; puis, ce fut un craquement, suivi d'un fracas sinistre comme si le ventre de la carlingue se déchirait, une chute vertigineuse dans le vide, une explosion. C'est tout ce que je sais. J'ai dû m'évanouir au moment où nous touchions le sol. Je me suis retrouvé bien après — comme on te l'a décrit — éjecté à plusieurs centaines de mètres, couché aux pieds du fauteuil, entortillé dans les vêtements et dans les lanières de la ceinture.

« Il m'a fallu un moment pour tout me rappeler. L'immense brasier commençait de s'éteindre, et mes oreilles s'emplirent de l'infernal et lointain grésillement. Ensuite, n'ayant plus rien à dévorer — la tôle déjà tordue, le bois carbonisé, le kérosène bu par les sables —, le feu se résorba, les flammes se firent courtes. Piquée, plus bas dans le sable, l'épave aux ailes recroquevillées, gigantesques, ressemblait à un monstrueux insecte veillant sur son propre désastre. J'approchai, les pieds nus, m'enlisant tout d'abord, avançant ensuite pesamment, sur une terre crevassée, labourée, dure et noircie. Le cœur battant, j'espérais, sous ces décombres, trouver d'autres, aussi miraculeusement épargnés que moi.

« Ce que j'ai vu, jamais je ne te le dirai. J'ai reculé d'horreur, j'ai fui. Le plus loin, le plus vite possible courant à toutes jambes, hurlant pour que ma voix m'accompagne, déroutant la mort. La creuse, la maudite mort. Vivant. Deux fois vivant. Survivant, Lana, comme tu le dis. »

— Lana, réveille-toi, éveille-toi, il faudra bien

finir par tout affronter. Tu sais bien que c'est fini. Pourquoi t'obstines-tu ? Terminé, ma petite fille, mon amie, mon amour. Suspendu, le défilé des images ; au clou, notre panoplie. Tirés, les rideaux. Révolues, nos années. Abolies. Accomplies.

« Je n'ai plus de jambes pour aller vers toi, Lana. Plus de voix pour t'appeler. Plus de bras pour te tenir. Je sens que tu t'insurges, que tu refuses, que tu résistes. Que tu frappes des poings, que tu heurtes du front, quand il n'y a plus de murs à défoncer, ni de portes à ouvrir. Tu veux, tu réclames nos lèvres, nos mains, nos yeux, nos paroles — comme c'est incarné, soudain, une parole ; comme c'est savoureux une vie vécue —, tu te raidis, quand il ne s'agit plus que de glisser ; tu te déchaînes, tu te blesses, quand il ne s'agit plus que de te fondre. Retourne-toi comme un gant. Viens, descends, plonge, pénètre. Peut-être au fond de toi, y a-t-il toi ? Peut-être au fond de toi, y a-t-il moi ? Au fond de nous est la réponse, qui sait ? »

— Lana, comment te faire comprendre ce qui se passe, ce que j'éprouve ? Des nomades m'ont trouvé peu après l'accident. Ils m'ont emmené avec eux dans leur oasis.

« La fraîcheur y est toute verte. La brise, le

balancement des feuilles, le chant des oiseaux m'environnent. Dehors, le soleil peut s'acharner, frapper à coups de corne un désert impassible, ici commence la vie. Ici règnent l'arbre et l'eau.

« Ces hommes ne s'adressent à moi que par gestes, des gestes qui m'invitent à partager, jamais à expliquer. Sans doute accordent-ils peu de crédit aux éclaircissements et croient-ils surtout au silence. Sans doute ont-ils, en partie, raison. En partie. Mais c'est ce silence-là qui m'est, à présent, nécessaire.

« Ce que je vais te demander, Lana — c'est cruel, j'en ai conscience, mais tu peux comprendre, et cela te ressemblerait assez de me faire la même demande un jour —, c'est de me donner ce sursis, cet intervalle, cette pause. Le temps, comment dire, oui, c'est presque cela — mais les mots, souvent, restent lamentablement à côté —, le temps de démêler la vie de ce qu'on appelle vivre. Un moment, m'écarter d'un espace débité, d'heures à parois, de ce personnage — étiqueté, catégorifié — que nous finissons par devenir, comme si nous ne parvenions à présenter aux autres et à nous-mêmes que les multiples faces d'une marionnette, mais jamais la main qui la meut.

« Ne pas, une fois encore, négliger l'occasion d'en savoir un peu plus. Ne serait-ce qu'un grain, un cheveu, une paille de plus. Je m'en voudrais d'avoir fait si peu de cas de ces heures que je viens de vivre, horreur et lueur ensemble. Oui, plus tard, je m'en voudrais d'avoir passé en bordure de la mort et de m'être éloigné, légèrement.

« Laisse-moi à ce dépaysement, à cet univers sans couture. Que j'apprenne le silence, que j'escorte quelque temps la mort. La prodigue mort. La fascinante, la fertile mort. Sans elle la terre ne serait qu'indifférence, lac sans fin, inertie. »

— Assez, assez, Lana. Tu m'entends mal. Ce n'est pas moi que tu entends, c'est toi qui t'écoutes parler. Moi, je ne souhaite qu'une chose : revenir.

« Comment peux-tu imaginer que, volontairement, je t'aurais laissée sans nouvelles ? C'est absurde, Lana. Même sachant que tu m'accorderais cette liberté, je serais venu d'abord te la demander. Et devant toi... Toi, ternie, vieillie par ces jours d'attente, comment aurais-je pu résister au désir de te garder dans mes bras, t'envelopper, te protéger, te défendre de toi-même et de moi ?

« Lana, me prends-tu pour un moine, un ascète, un fou de Dieu, un assoiffé, un éperdu de je ne sais quelle réalité insondable ?

Crois-tu qu'on a si long à vivre qu'il faille encore se gaspiller en vaines questions ? Un sursis, oui, peut-être, mais pour aimer d'autres femmes. Un intervalle, oui, mais pour visiter d'autres pays...

« A ces nomades qui m'ont recueilli je m'évertue à expliquer ce qui m'est advenu et où je désire me rendre. Entre eux et moi, c'est une forêt de gestes dans laquelle nous nous égarons. Ah ! paroles, mots familiers, langue maternelle, où êtes-vous ? Il me semble avoir enfin compris que nous ne pourrons quitter l'oasis avant quelques jours, car une tempête de sable se prépare. J'en éprouve déjà le malaise. La cime des arbres tressaille, un frémissement s'empare des feuilles ; moi-même je suis au bord des cris. »

— Hâte-toi, Lana, hâte-toi... Je marche depuis deux jours. Pieds nus, les mains en sang, les jambes brûlées, le visage tuméfié. Je n'ai aperçu dans le ciel qu'un seul avion, mais celui-ci a poursuivi sa route malgré mes hurlements, ma chemise en lambeaux que je secouais à bout de bras. Rien. Plus personne sur cette terre désolée. Fais vite. Presse-toi. Presse-les. Bientôt il sera trop tard. Ma langue se parchemine, mes yeux brûlent. Je n'ai plus la force de chasser la poussière qui couvre mes paupières, qui obstrue mes oreilles, pénètre dans ma bouche. Le soleil fauve ne me lâche plus, je ne sais plus comment m'en défaire. J'enfonce dans le sable. Je dérive. J'ai soif. Je crains de m'abandonner...

Chapitre V

Le départ de Lana fut encore remis de quarante-huit heures. Le lieu de l'accident n'était accessible que par une piste de modeste dimension, située à la limite du désert, sur laquelle un très petit nombre d'avions pouvaient atterrir.

Une fin d'après-midi, on sonna à sa porte. Trois coups brefs, une pause, deux coups encore. Elle sursauta :
— Pierre !
C'était lui ! Sa façon de presser le bouton quand il avait oublié sa clef. Il était revenu sans prévenir. Il avait marché, lutté et s'en était sorti seul. Rien de ce qu'elle avait imaginé ne ressemblait à ceci. Elle se précipita, courut le long du couloir. Le miroir de l'entrée lui

renvoya son image. Quelle tête ! Quel accoutrement ! Elle avait vécu hors d'elle-même ces deux derniers jours. Rapidement, elle glissa ses doigts écartés dans la masse de ses cheveux, rajusta d'un geste l'encolure du pullover, se jeta sur le loquet, tira brusquement la porte à elle, comme si elle voulait l'arracher de ses gonds.

— Il ne fallait pas vous presser, j'aurais attendu, dit le télégraphiste.

— ...

— Mais vous avez l'air malade, qu'est-ce qui ne va pas ?

— Rien. Ce n'est rien.

Il repousse sa casquette découvrant ses cheveux blonds, ondulés. Il a vingt ans, des yeux bleus, ronds, moqueurs ; un sourire de côté épinglé sur sa bouche.

— Signez ici.

Il lui tend le pneumatique, elle jette un coup d'œil sur l'adresse de l'envoyeur. Elle signe :

— Attendez-moi, je reviens.

De nouveau, le couloir, la chambre. Elle se débarrasse de la lettre, ouvre son armoire, cherche sur les étagères ; puis dans un tiroir, un second. Où a-t-elle mis sa monnaie ? Elle vide son sac, fouille dans ses poches, déplace des livres sur la table, glisse sa main derrière le coussin du fauteuil. Elle tourne, tourne en rond. Gire et tourne depuis des siècles au centre d'un manège. Un tour, deux tours, mille tours, la piste s'agrandit, se rapetisse ; on n'échappe pas à sa vie. Trois mille tours sans pouvoir s'arrêter, ignorant quel rôle le ciel vous assigne ou si le ciel existe, ne sachant pas ce que le public attend de vous. En cet instant une foule composée d'une multitude de télégraphistes assis tout autour, en rangs serrés, s'impatientent, trépignent, vous jettent à la tête des centaines d'enveloppes bleues. Attendent une réponse. Quelle réponse ? Et tous ces papiers qui jonchent l'arène, s'entassent, s'élèvent, se dressent comme des murailles autour de Lana, paralysant ses mouvements.

— C'est tout ce que j'ai pu trouver, s'excuse-t-elle, tendant enfin un paquet de cigarettes au jeune homme.

— C'est bien mieux.

Il rajuste sa casquette. Ses yeux ne sont pas bleus, mais gris et plutôt mélancoliques. Est-ce le même ? Une cicatrice à la commissure des lèvres lui donne un air désolé. Il a peut-être vingt ans, un visage résigné et pâle comme s'il sortait d'une longue maladie. Il remercie et s'en va.

Appuyée au chambranle de la porte, Lana l'écoute s'éloigner. Puis d'autres pas remontent, quelqu'un sifflote dans l'escalier :

« Les amoureux qui s'bécotent sur les bancs
publics
bancs publics
bancs publics
les amoureux... »

La sortie du métro débouche sur un minuscule rond-point piqué de quatre arbres dont les
branches se tordent et forment, l'été, un seul
bouquet mauve. Les maisons tout autour paraissent peintes sur toile. Lana accoste une
passante, et celle-ci lui indique l'adresse inscrite sur l'enveloppe bleue.

C'est un immeuble, cette fois, bien ancré
dans ses pierres, auquel des balcons massifs
aux fers lourds, sans beauté, ajoutent encore
du poids. Du papier, imitant le cuir de Cor-
doue, tapisse et assombrit la cage d'escalier.
Entre chaque palier des vitraux ternes bleuis-
sent le jour qui s'écoule — chétif, famélique, à
contrecœur — sur le tapis aux motifs persans
qui recouvre les marches.

Au cinquième la porte s'entrebâille.

— Je savais que vous viendriez, dit Marc.

Elle pénètre dans une vaste pièce lambris-
sée, décorée de stuc et de dorures qui contrastent étrangement avec des toiles aux couleurs
fortes, aux lignes heurtées accrochées partout
sur les murs.

— L'appartement de grand-mère, nous y sommes depuis qu'elle est morte. Avant on habitait un atelier. Entre papa et sa famille ça n'avait jamais marché, et puis, on n'a pas compris pourquoi, il a voulu revenir ici. Maman détestait cet endroit, elle voulait tout changer. Papa s'y opposait, il craignait que cela ne dérange son travail. Ça, ajouta-t-il montrant une série de cartes fixées par des punaises et couvrant un étroit pan de mur, c'est de moi...

— Vous voulez être peintre ?

— Ah, non ! C'est nul. Nul ! Seulement dès que je griffonne n'importe quoi — c'est pareil depuis que j'ai quatre ans — maman s'en empare et le colle au mur. Ça doit agacer papa bien qu'il n'ait jamais rien dit. J'attendais qu'ils partent pour tout jeter au panier. Mais maintenant... avec ce qui est arrivé, je n'ose plus rien toucher.

Il lui indiqua le fauteuil en rotin et s'assit en face d'elle sur un tabouret, étalant ses jambes devant lui :

— J'ai appris ce qui s'est passé à l'agence. Pour dire ce que vous avez dit, vous avez des raisons, n'est-ce pas ? Vous en savez plus long que nous.

Il semblait se désintéresser de ses phrases au fur et à mesure qu'il les exprimait. Se penchant en avant, il se perdit dans la contemplation de ses chaussures, les bords de ses semelles disparaissaient sous une carapace de boue durcie.

— Je ne sais rien de plus que les autres.

— Alors ?

— Alors quoi ?

Il relaçait son soulier :

— Vous disiez que c'était Pierre, votre mari, le survivant. Vous le croyez vraiment ?

Il ne la regardait pas. Le buste presque couché sur ses jambes, il relaçait la seconde chaussure avec application, s'exerçant à réussir un nœud impeccable.

— Je le crois, oui.

L'écoutait-il ? Pourquoi lui avait-il écrit de venir ?

— Comprenez-moi, Marc, ça ne vous empêche pas de croire que c'est un des vôtres.

— Moi, je ne crois rien.

Il s'était redressé. Puis comme si l'effort avait été trop grand, il plaça son coude sur son genou, son menton dans la main, et dévisagea attentivement la femme.

— Maman ne rêvait que de ce voyage. Elle répétait qu'elle se mettrait à l'avant, que c'était de là qu'on voyait le mieux. Toute cette partie de l'appareil a été pulvérisée.

— Nous ne pouvons pas savoir comment les choses se sont passées à l'intérieur de l'avion.

— Je suis sûr qu'elle s'est mise à l'avant. Elle avait cela en tête. Elle était si contente de partir, depuis une semaine elle ne tenait plus en place.

Il se leva, marcha vers l'établi :

— Venez voir.

Des feuilles, des cartons, des tubes de peinture avaient été poussés de côté, il étala sur la tablette vide une série de photographies.

— C'est elle, Francine, dit-il.

— Je la reconnais, fit Lana.

On la voyait, dévalant une côte à bicyclette, piquant une tente près d'une rivière, plongeant dans la mer, courant le long de la plage, Marc enfant grimpé sur ses épaules. Mobile, mouvante, sur le vif, dans le vif, se projetant, s'expulsant de l'image, débordant la plaque, tournant le dos au cliché, s'élançant hors de l'instant, hors du cadre, émergeant ici, dans le présent — ce présent qui n'est plus le sien, ou qui est peut-être encore le sien —, ses gestes crevant, fouettant, ranimant les sites.

Du peintre, il n'y avait qu'une seule photo, mais en agrandissement. Jean Rioux, debout, adossé à une falaise de craie. A ses pieds, un océan de craie. Océan, visage, cheveux, rochers fondus dans cette tonalité neutre, voulue (certainement voulue), comme si le cliché avait été préparé d'avance, étudié, le peintre lui-même s'y intéressant personnellement, choisissant l'attitude, décidant de la qualité du développement (insistant sur les blancs, le côté ma-

tière : argile, visage et falaise mêlés, l'artiste
s'intégrant à — et, à la fois, dominant le paysage, l'univers). Une belle reproduction, réus-
sie. Il devait en être satisfait.

— Il pose pour l'éternité, dit Marc.

Peu après, il disparut, pour revenir portant
un magnétophone, qu'il déposa sur une table
basse où s'empilaient des journaux, des maga-
zines. Ayant mis l'appareil en marche, il s'en
éloigna lentement, alla vers la cheminée et s'y
accouda.

Le ruban se dévidait avec un léger chuinte-
ment.

— Il faut attendre un peu. J'ai effacé ce qu'il y
avait au début.

Une certaine excitation commençait à le
gagner. Il croisait, décroisait les pieds ; ramas-
sait un des coquillages placés sur la tablette de
marbre, le portait à son oreille, s'en débarras-
sait aussitôt. Puis il empoigna un gros galet
qu'il jeta en l'air et rattrapa dans sa paume.

Soudain, des voix tailladèrent le silence.

— C'est eux, dit Marc.

Ne s'accordant aucun répit, elles montaient
à l'assaut l'une de l'autre, s'affrontant, se sup-
plantant.

« Tu m'englues, Francine. Je n'en peux plus,
tu ne comprends pas. J'en ai assez !

— Moi, moi ! Tu ne penses qu'à toi. Il y a toi. Toi. Et encore toi ! Tu n'as d'oreilles que pour toi, d'égards que pour toi. Moi je peux crever à tes côtés...

— Tu n'as qu'à foutre le camp, ou t'occuper. T'occuper ! Faire autre chose que de me tourner autour, t'agiter, remuer autour de moi. Me parasiter. J'en ai... »

— Arrêtez ça ! cria Lana, à peine revenue de sa stupeur.

— Pourquoi ?

Les mots s'échappaient toujours. Des mots-lanières, des mots-serpes, envenimés.

— Je ne veux plus entendre !

Elle se rua sur l'appareil, tourna brusquement le bouton.

— C'est odieux ! Comment osiez-vous ?

— C'est eux qui me l'ont demandé.

— Comment eux ?

— Ils se querellaient sans arrêt, et j'étais souvent là. Un jour, ils m'ont dit qu'ils ne savaient plus où ils en étaient, qu'il fallait que j'enregistre leurs disputes à leur insu, et qu'ensuite ils pourraient se rendre compte, savoir à qui était la faute, et pourquoi chaque discussion finissait dans des cris. Ils pensaient que c'était le seul moyen d'en sortir.

— Jetez ça, détruisez-le.

— C'est tout ce qui me reste, ça et les photos. Si l'un des deux revenait, je détruirais la bande. Pas avant.

— C'est pour ça que vous m'avez fait venir ? Pour entendre ça ? Je n'y ai aucun droit.

— Le droit ? Qu'est-ce que ça veut dire ? C'est à moi, ça m'appartient, j'ai le droit de le faire entendre à qui je veux.

— Ils n'étaient pas que cela.

— Ils étaient aussi cela.

Lana s'en allait.

Penché au-dessus de la rampe d'escalier, il la regardait descendre. Au bout de plusieurs marches, elle se retourna :

— Je pars après-demain, Marc.

— Je sais. Vous ne pourrez plus les oublier maintenant.

Elle sentait son regard la poursuivre et fut tentée à une ou deux reprises de remonter, de s'asseoir auprès de lui et de le laisser parler. Lui aussi avait besoin de quelqu'un qui l'écoute... « Si l'un ou l'autre revient il s'en sortira », pensa-t-elle, les mots perdraient alors de leur immobilité, de leur poison. Oubliant que ce retour ôterait toute chance à Pierre, durant quelques secondes, elle le souhaita de toutes ses forces.

Elle se retourna encore.

La cage d'escalier était trop sombre, elle ne distingua plus les traits du jeune homme. Mais il était toujours là, attendant qu'elle disparût pour s'en aller à son tour.

De qui M. Leroc portait-il le deuil ? Martine ou Florence ? Laquelle espérait-il revoir ? Durant ces trois jours, il avait eu le temps d'y réfléchir sans trouver de réponse.

— Au moins, vous, vous savez qui vous attendez, dit-il à Lana, assise en face de lui.

Parfois il souhaitait le retour de Martine. « Martine, ma petite Martine ! » comme il l'accueillerait ! Peut-être parviendrait-il, ensuite, à franchir cette barrière qui les séparait, à surmonter cette gêne qui faisait qu'il se sentait à nu, écorché jusqu'à l'âme quand elle le regardait d'une certaine manière.

D'autres fois c'était Florence qu'il appelait. Alors tout garderait sa place comme avant. Une maîtresse femme, Florence. Une organisatrice. Tout lui obéissait, les objets, les bonnes, les fournisseurs, Martine. Les réceptions, les relations, les voyages, elle s'occupait de tout. Et lui ? Il lui suffisait de se laisser faire. Une fourmilière, une vraie fourmilière cette maison sous les ordres de Florence. Si elle ne revenait pas ? Les vitres tomberaient en poussière, les tableaux s'effondreraient, les tapis s'effilocheraient, les fleurs pourriraient dans leurs vases, les objets n'en feraient plus qu'à leur tête, les réceptions seraient annulées, les bonnes, les relations, tout ça en déroute ! Et Martine ? Que deviendrait Martine livrée à ce « non » perpétuel, ce non au monde, au décor, au décorum ? Ah ! il préférait ne pas y songer.

— Mais les dés sont jetés et nous n'y pouvons rien, continua-t-il s'adressant à la visiteuse.

En parlant, il avait appuyé sur la sonnette. La bonne ne tarda pas à paraître — mince, en noir, nette, le tablier blanc, court, amidonné, sur le devant de sa robe — portant le plateau d'argent et par-dessus les bouteilles, le nombre de verres qu'il fallait, les cigarettes, le briquet anglais. Dressée, entraînée, parfaite. Rien n'avait encore eu le temps de se dérégler. Elle approcha une table basse, posa le plateau dessus, les mêmes gestes que d'habitude mais le sourire en moins. « Depuis l'accident, elle ne sourit plus », remarqua M. Leroc. Disparu ce joli sourire, malicieux, espiègle, frais, sorti d'un conte. Un sourire mi-femme, mi-lapin. C'était sans doute cet espace entre les deux dents de devant qui lui donnait cette expression étrange, ambiguë, attirante.

— Votre conviction m'a tout de même ébranlé, madame Moret.

— C'est pour vous rassurer que vous m'avez fait venir ?

— Non. Plutôt pour vous dire que nous sommes la main dans la main. Vous partez, moi, je reste. Mais d'ici je ferai ce que je pourrai pour faciliter vos recherches.

— Comment cela ?

— Nos intérêts sont liés. Quoi que vous pensiez, vous partez, un peu, pour chacun de nous.

Il s'étonnait que les mots se présentent si facilement. En dehors des affaires, ici entre ces murs, décorés par Florence, entouré de ces vitrines regorgeant de bibelots choisis par Florence, de ces volumineux bouquets où se mêlaient avec un raffinement extrême les fleurs rares et l'humble fleur des champs (disposées par Florence et qui n'avaient pas encore eu le temps de se faner), il cédait la parole à sa femme. Cette Mme Moret était d'une autre race, elle avait du Martine en elle. Elle parlait peu, elle écoutait. Écoutait-elle vraiment ?

— J'ai tout mis en œuvre, madame Moret, pour que, sur place, en plus de l'aide officielle vous trouviez d'autres commodités : une équipe à votre disposition, un logement, une voiture. Je tiens à voir clair le plus vite possible, moi aussi. Vous me tiendrez au courant, n'est-ce pas ?

— C'est promis.

— Voyez-vous, ce qui est fait est fait. Nous ne pouvons rien, n'est-ce pas, sur le passé ?

— Ce qu'on ignore n'est pas encore le passé.

Pas encore, mais tout de même le passé. Tout est-il déjà inscrit autour de Jean Rioux, de Francine, de Martine, de Florence, autour du destin de Pierre ? Reste-t-il quelque chose à changer ? Une faille où pourrait encore se glisser l'espoir ? Le passé n'est pas dans ce présent-ci. Dans le futur sans doute, mais pas encore ici. Lana peut, a encore le droit d'imaginer Pierre respirant quelque part en ce monde. Le cœur vivant de Pierre. Son cœur de chair battant quelque part dans le monde.

Un basset entre en glapissant, se frotte aux chaussures de son maître. Au bout d'un moment, celui-ci se penche, le prend sur ses genoux :

— Florence lui passait tous ses caprices.

Florence est partout. Florence déborde Florence, on a l'impression qu'elle va descendre de son portrait, celui où elle porte ce même collier de perles, qu'elle avait au cou le jour du départ.

— Quel cauchemar, madame Moret ! Si l'un des nôtres revenait, il faudra l'aider à oublier.

— Peut-on oublier ? Faut-il oublier ?

— Pour vivre, madame Moret, il le faut. Il faut enterrer la mort. L'enterrer.

Il parut satisfait de l'image.

Chapitre VI

La chambre d'hôtel, minuscule, donnait sur les toits. Un canapé en recouvrait la majeure partie, il ne restait de place que pour un guéridon, une chaise, quelques livres sur une étagère.

Assise les jambes repliées dans un coin du sofa, Jeanne Zell leva la tête vers Lana :

— Non. Pas lui. Pas Serge. Rien n'a pu lui arriver.

Lana n'avait pu résister à l'appel au bout du fil : « Venez, je vous en supplie. Qu'est-ce que je vais devenir ? » Depuis son arrivée, la femme avait longuement décrit Serge Blanc, mais Lana n'arrivait pas à s'en souvenir, les mots évoquaient à peine une silhouette désinvolte, un vague profil.

— On étouffe ici !

Jeanne Zell se leva d'un bond, ouvrit la fenêtre à deux battants, respira. Une pluie fine nappait l'ardoise des toits, ravivait la poterie rose des cheminées. Elle tendit ses mains ouvertes vers l'extérieur, les ramena mouillées, les plaqua contre ses joues.

— Je voudrais mourir.

Elle ne bougea pas durant de longues minutes, puis se retournant, elle reprit :

— Vous êtes certaine que vous ne l'avez pas remarqué dans la salle d'attente ? Je sais qu'il était là bien à l'avance. Ce sont les seuls endroits où il arrive à l'heure — les gares, les aérodromes —, les seuls rendez-vous qu'il a toujours peur de manquer !

Elle avait ri. Un rire forcé, pénible.

— Vous ne voyez vraiment pas qui je veux dire ? dit-elle.

— Non, vraiment, je ne vois pas, ou à peine, dit Lana.

Les cheveux blonds, souples de Jeanne retombaient sur son front, elle les rejetait sans cesse d'un rapide mouvement de tête. Son pantalon vert, étroit, allongeait ses jambes, une chemise soyeuse affinait son buste. Elle s'éloignait brusquement d'un meuble où elle venait de prendre appui, y revenait, s'y raccrochant, caressant le dossier de la chaise, la surface du guéridon. Il y avait dans son attitude quelque chose de fugitif et d'enveloppant, chatte et liane à la fois.

— Je ne lui suis rien, vous savez. Ses proches ignorent mon existence. Je l'aimais, c'est tout. Il n'y a que par vous que je pouvais savoir, que je pourrais continuer à savoir. C'est demain que vous partez ?

— Demain soir.

— Je pourrai vous écrire ?

— C'est sûr.

— Vous me répondrez ?

— Mais oui, je vous répondrai.

Elle remercia d'un signe de tête, ses cheveux retombèrent dissimulant son profil. Elle garda un long moment le visage baissé, puis, d'une voix sourde :

— C'était votre mari, n'est-ce pas ?

— Oui.

— Vous l'aimiez ?

— Je l'aime.

— Cela fait combien de temps que vous l'aimez ?

— Quinze ans.

Elle se redressa, se rapprocha, se campa en face de Lana :

— L'aimiez-vous au-delà de tout ? Par-dessus tout, durant quinze ans ?

Où voulait-elle en venir ?

— Répondez-moi.

— Pas à chaque moment avec cette intensité-là, mais cela revenait toujours.

Cette intensité, cette fulgurance, cet embrasement, oui, cela revenait toujours. Elle le savait. Elle avait appris à le savoir, à s'y attendre. Les affrontements souvent difficiles, elle en surgissait de plus en plus avec la certitude que ce n'était rien, que cela n'entamerait plus rien, que le fond s'affermissait chaque fois, demeurait solide, inébranlable, vivant. Oui, vivant. Cela s'éprouvait. Au cours des jours plus ternes, où l'on semble s'éloigner du centre, de la moelle de son amour, où le quotidien paraît l'estomper, où tout l'être s'affole, « ce n'était que cela, c'est si vite cela... », elle avait fini par comprendre que ce n'était pas d'un éloignement qu'il s'agissait mais d'un déplacement, d'une présence (qui ne pouvait sans cesse tenir en haleine, talonner) à l'arrière-plan, terre et phénix à la fois.

Il y avait même des jours où la passion de son métier faisait écran. Des jours où elle ne vivait qu'à travers sa caméra, ne songeant qu'à cet album dont elle composait les images : univers de cruauté et de clarté ensemble, monde sans cesse se rachetant, racheté. La lumière rachetant l'ombre ; le rêve multipliant le réel. Ou bien parfois tout le contraire, les ombres aiguisant la lumière, le velouté des ombres, la magnificence du vécu, de la chair,

donnant consistance au rêve. Les visages-anti-
dotes, les moments-antidotes, les lieux-antido-
tes et parfois dans un même visage, un même
moment, un même lieu cet entremêlement
d'instants morts, d'instants de vie. C'était cela
qu'elle voulait exprimer. Tout dépendait parfois d'une disposition personnelle, d'autres
fois d'une technique, d'un assombrissement,
d'un blanchissement de la pellicule... Elle es-
pérait fixer un jour des formes — surgies d'on
ne sait quoi, allant on ne sait où, incarnées,
passagères comme nos vies —, des formes-
poèmes, mues de l'intérieur, en perpétuelles
révolutions, en perpétuelles révélations. Il n'y
avait pas de fin à cette recherche et parfois cela
comptait plus que tout ; l'amour perdait sans
doute alors, en apparence, de son urgence, de
sa chaleur. Il semblait qu'à ces moments privilégiés — privilégiés aussi au même titre que
l'amour — les événements, les êtres, les choses,
les lieux venaient à elle, glissaient dans cette
sorte de trame mouvante, dans ce fleuve du
dedans. Oui, il y avait cela.

Il y avait aussi l'amitié. Une rencontre qui
vous ranime, une heure qui vous emplit. Les
autres. Tout le mal, tout le bien qui vous vient
d'eux.

— Mais cela revenait toujours. Comme au
début. Plus qu'au début, reprit Lana.

Il suffisait d'une pause. Simplement d'imaginer Pierre soucieux, inquiet, malade, s'éloignant, ou un simple geste familier — sa façon de rire, sa manière de rejeter son manteau en entrant, de se gratter la tempe — pour que tout chavire, bascule et qu'il y ait lui. Rien que lui.

Mais aucune réponse ne lui paraissait satisfaisante : jusqu'à quelles limites Jeanne Zell cherchait-elle à les entraîner ?

— Auriez-vous tout quitté pour lui ?

— Oui.

Elles se tenaient, à présent, de chaque côté de la fenêtre. La pluie tombait en longues stries. Des pigeons, qu'on n'apercevait pas, devaient nicher quelque part sous les toits, on entendait distinctement leur roucoulement lugubre.

— J'ai quitté une vie qui me plaisait, des enfants... L'auriez-vous fait ?

— Si Pierre avait été l'autre, je l'aurais fait.

Jeanne rabattit ses cheveux de ses deux mains, qu'elle garda ensuite nouées derrière sa nuque. Elle continua :

— Qu'en pensez-vous ?

— Si c'était Pierre, j'aurais...

— Mais quel Pierre ? Celui d'il y a quinze ans ? Celui d'aujourd'hui ? Quel vous ? Celle d'aujourd'hui ? Celle d'alors ?

Elle cherchait la brèche, la faille.

— Il n'y a qu'un Pierre, dit Lana.

L'autre continuait à lui tenir tête :

— Vraiment ?

Il n'y avait pas qu'un Pierre, et pourtant... Il n'y avait pas qu'une Lana, et pourtant. A travers ces multiples Pierre, il y avait Pierre. Unique. Saisissable. Insaisissable. « Je le reconnaîtrai entre tous. Qu'on m'aveugle et entre des centaines je le reconnaîtrai. Qu'on m'arrache mon corps, qu'on lui arrache le sien, et je le reconnaîtrai. » Elle répéta :

— Il n'y a qu'un Pierre.

Jeanne avait encore ri, un rire de gorge, très bref :

— Vous ne savez pas ce que vous auriez fait. Si vous m'aviez posé la même question il y a quelques années, j'aurais répondu « jamais ». C'est à l'heure du choix qu'on apprend à se connaître. Pas avant. J'avais une vie, sans histoire, des enfants... Vous n'avez pas d'enfants, n'est-ce pas ?

Elle coupa court.

— Tout a basculé...

La voix s'était radoucie :

— Quand c'est arrivé, j'avais quarante ans. Le feriez-vous à quarante ans ?

Lana hésita.

— Vous voyez bien, vous ne l'auriez pas fait, vous n'auriez pas pris ce risque, celui de se sentir parfois pesante, de trop ; celui d'accabler quelqu'un de ses propres renoncements, même si on les tait.

Quelle terrible blessure étalait-elle ainsi ?

— Pourtant, l'amour, c'est cela. Aimer jusqu'au bout. Jusqu'au bout. Se brûler.

La pluie avait brutalement cessé, mais il faisait toujours aussi chaud, une moiteur exaspérante. Des nuages de plomb, ourlés d'une lumière acide, progressaient lentement. Les toitures n'avaient plus la légèreté de certaines heures, elles pesaient à présent comme des dalles. Les pigeons se déchiraient la gorge avec leur même cri.

— Mon amour me consume, lança Jeanne.

Le ton paraissait souvent théâtral, mais une déchirante vérité passait à travers ces mots. Elle tourna brusquement le dos à la fenêtre et alla se rasseoir.

Elle s'était remise à questionner, comme si elle cherchait à authentifier son amour.

— S'il vous humiliait sans cesse, seriez-vous restée auprès de lui ?

— Mais s'il cherchait à m'humilier, c'est que...

— Je vous demande de répondre par oui ou par non. Avec des phrases on s'en tire toujours, on brosse un tableau à ses mesures, on corrige, on adapte. Répondez seulement à ceci : s'il cherchait — inconsciemment sans doute — à vous humilier, seriez-vous restée auprès de lui ?

— Non.

— S'il vous repoussait pour ensuite vous reprendre ?

— Non.

— S'il se vantait d'avoir eu d'autres femmes au moment où il vous revenait ?

— Non.

— Auriez-vous attendu des jours, des nuits, des semaines ? Au point de devenir attente, de vous figer dans l'attente ?

— Non. Non.

— Alors que savez-vous de l'amour ?

— Ce n'est pas cela l'amour.

— Pourquoi est-ce que ce ne serait pas cela ? C'est aussi cela. C'est surtout cela peut-être ?

— L'amour, c'est être deux.

— Cela aussi c'est être deux.

La chambre se rétrécissait, les murs allaient se toucher, il ne resterait bientôt plus au centre qu'un champ clos. Ce ciel de ciment boucherait la seule fenêtre.

— Je serais partie, quelle que soit la souffrance.

— Partir n'est pas du courage, se sentir héroïque est une satisfaction, une sorte de revanche. Souffrir, c'est rester, Lana. C'est savoir qu'un homme peut vouloir et ne pas vouloir de vous à la fois. L'accepter. Rester. Miser sur ses retours. Rester avec ses doutes. Se laisser broyer, dévorer au-dedans et n'en rien laisser paraître. Être toujours prête, gaie. Oui, gaie. Gaie, pour quand il reviendra, pour quand il dira : « Tu aurais tort de t'inquiéter, tu vois je reviens toujours. »

Bientôt ce plafond, ce sol se rejoindront, il n'y aura plus la place de bouger, de respirer. Il faudra s'étendre à plat ventre sur ce tapis, sentir cette odeur de renfermé dans les narines, espérer que quelqu'un vienne vite vous tirer de là. En attendant, se boucher les oreilles pour ne plus entendre ce roucoulement souffreteux des pigeons.

— Je serais partie. Partie !

Sa voix résonna. Il semblait, tout d'un coup, que la porte s'était brusquement ouverte, qu'un grand vent balayait la chambre, que les volets claquaient contre la façade, que le ciel se trouait, perdant toutes ses pierres.

— Vous n'auriez pas pu, si vous l'aimiez.

— Libre. Le laisser libre. Je serais partie. N'importe où. Je lui aurais laissé le temps de voir clair.

— N'importe où ? Voir clair ? Qu'est-ce qui est clair ? Où c'est n'importe où ? Qui est libre ?

Elle s'était avancée jusqu'au bord du canapé, et pour la première fois depuis l'arrivée de Lana, les mains de Jeanne reposaient calmement sur ses genoux, des mains aux ongles rubis.

— Auprès de lui, je vivais, prononça-t-elle doucement.

Son visage se lissa, ses mains perdirent de l'âge, la limaille du ciel se fit paillettes, des plages de lumière n'apparaissaient pas encore, mais on les devinait à présent sous la coulée des nuages. Le plafond recula. Les meubles perdirent de leur poids, les couleurs s'avivèrent, le bois du guéridon contrastait avec la reliure verte d'un livre.

— Vivre !

Elle continua :

— Avant j'existais à côté de moi-même. J'avais soif et je ne le savais pas.

« Auprès de lui, le regard s'intensifiait, le corps apprenait à se connaître. Un arbre, celui-là même qu'on croise sans le voir, on l'éprouvait, on le sentait enraciné dans sa propre poitrine. On portait l'arbre...

« La forêt, la campagne, même les rues, avant lui je passais au travers. »

Elle découvrait, redécouvrait, se découvrait :

— Connaissez-vous la soif, Lana ?

— Oui.

— La fièvre ?

— Oui, mais...

Elle ne se souvenait pas d'un seul jour où le bruit de la clef de Pierre tournant dans la serrure l'ait laissée de glace. Pas un matin, pas un soir où ils ne s'embrassaient, où elle n'éprouvait le même plaisir, la même joie à retrouver ses bras. Une soif, une fièvre, oui, mais étalées dans le temps.

— Lana, j'ai tout éprouvé dans l'instant, dans l'éclair de l'instant. Des moments arrachés, d'abord aux miens, ensuite aux siens, à ceux que je ne connaissais pas et qu'il continuait de voir et qu'il ne voulait jamais que je rencontre. Mais je parle pour rien, n'est-ce pas ?

Elle s'était levée et se penchait à présent à la fenêtre.

Lana se leva aussi, s'approcha :

— Pas pour rien, Jeanne.

L'autre se tut un moment, puis :

— Si c'était Serge, le survivant... Vous serez la première à le savoir. Si c'était Serge... ne lui parlez pas de ce que je vous ai dis.

— C'est promis.

« Nous ne sommes pas des adversaires », eut-elle envie d'ajouter. Mais les mots paraissaient inutiles ; Jeanne savait cela, c'était sûr.

Dehors les toits ressemblaient à des damiers

qu'un soleil neuf prenait pour cible. D'autres fenêtres s'ouvraient tout autour. L'une d'elles, encadrée de lierre, ressemblait à un bocage. A une autre, un jeune homme accoudé cherchait à voir la rue. Plus loin, adossée à ses volets, une femme offrait son visage aux premiers rayons. Un vieillard tendit son bras en avant, on apercevait sa main tournant et retournant plusieurs fois dans l'air. Constatant que la pluie avait définitivement cessé, il replaça la cage du serin sur le rebord de la fenêtre.

— Ferme ce livre. Tu t'esquintes les yeux à cette lumière.

— Laisse-moi, Émilie. Laisse-moi faire ce que je veux.

L'autobus freina devant leur loge. La carafe, les verres sur la table pas encore desservie tremblèrent légèrement comme à chaque arrêt. On frappait à la porte.

— Ça doit être cette Mme Moret, dit Émilie. Je ne comprends pas ce qu'elle nous veut.

Quand elle fut là, le vieux s'assit en face d'elle. Ses pantoufles grenat, usées, trouées au bout lui parurent soudain visibles de tous les coins de la pièce ; il tira sur la nappe jusqu'à ce qu'elle touche le sol et dissimula ses pieds en les glissant dessous.

— Je ne voulais pas partir sans vous voir.

Chacun des absents surgissait à présent avec

une force étrange. « Qui cherches-tu, Lana ?
Toi, Pierre. Renonces-tu, Lana ? Non. Jamais. »
Mais les autres n'étaient plus des ombres. Ce
n'était plus des fantômes qui l'accompa-
gnaient, qui l'escorteraient.

— Je les ai tous vus, continua-t-elle. Vous êtes
les seuls qui ne m'ayez pas appelée.

Sans chercher à lui répondre, le vieil homme
lui montra le volume qu'il était en train de
lire :

— C'est à René.

La couverture était terne, les pages jaunies,
il lui indiqua des passages entiers soulignés au
crayon :

— Je lui ai promis de le parcourir quand il
serait parti. D'habitude, je ne lis que les journaux. René disait souvent qu'il fallait que j'essaie, que ça m'apporterait quelque chose.
Alors, voilà, j'essaie. J'ai même appris quelques lignes par cœur. Au retour, ça lui fera une
drôle de surprise.

Il fronça les sourcils, faisant un effort pour
se rappeler :

« Ma vie n'est pas cette heure abrupte,
Où tu me vois précipité... »

En redémarrant, l'autobus fit trépider les
vitres, on apercevait son ombre massive à
travers les voilages.

« Je ne suis qu'une de mes bouches... »
continua le vieux.

— C'est encore ce Maria, fit Émilie.

— Rainer Maria Rilke, reprit-il détachant chaque syllabe.

— C'est trop compliqué ce nom-là ! Moi, je me
rappelle Maria. Je croyais d'abord que c'était
une femme.

Elle s'affairait autour de la table, amassant,
avec une serviette repliée, les miettes, qu'elle
faisait ensuite tomber dans le creux de sa
main.

« L'image valable, rien ne peut la détruire »,
poursuivit le vieux.

« Qu'elle soit en chambres, qu'elle soit en
tombeaux. »

— Tu ne comprends même pas ce que ça veut
dire, coupa Émilie.

— Pas encore. Mais, je finirai par comprendre.

Il prit le livre entre ses mains, le soupesa :

— Ce n'est pas trop lourd. D'ici son retour, je
saurai beaucoup de pages par cœur.

— Il n'y aura pas de retour, dit Émilie.

Il continua comme s'il ne l'avait pas entendue :

— Ce soir-là, quand tu auras desservi, j'attendrai que tu apportes du café, le marc. Nos

tasses, nos verres seront pleins. René aura commencé de boire. Et moi, sans prévenir :

« Oui, tu es l'avenir, la grande aurore
Qui point des plaines de l'éternité. »

Il récitait, les yeux à moitié fermés, comme s'il lui fallait déchiffrer une lettre après l'autre sur un tableau placé à distance.

— Pourquoi a-t-il fallu qu'il s'en aille ? Il rentrait à peine du service militaire. Nous n'aurions pas dû le laisser partir... C'était encore un enfant.

— Ne parle pas de lui au passé, Émilie.

— Le survivant, c'est le sien ! s'écria-t-elle en pointant son index vers Lana. Elle l'a dit l'autre jour. Tu l'as entendue ! Elle doit avoir des raisons pour le dire. Alors, qu'est-ce qu'elle vient faire ici ?

Émilie éclata en sanglots. Le vieux se leva, lui entoura les épaules de son bras, s'efforça de la calmer, de l'entraîner vers l'autre pièce :

— Tu ne comprends pas, murmura-t-il. Elle n'en sait pas plus que nous. Laisse chacun à son chagrin.

Émilie se laissa emmener. Mais avant de disparaître le vieux avait fait signe à Lana de l'attendre.

Elle l'avait attendu.

Si seulement elle pouvait pleurer, pleurer elle aussi. Mais elle se sentait à mille lieues des larmes. Elle n'éprouvait soudain — et cela lui ressemblait peu — que lassitude, que dégoût de l'existence. A quoi servait de se débattre, d'agir, de s'illusionner — oui, tout bonheur, toute vie n'étaient qu'illusion, mensonge — puisque la mort était là, toujours là, inévitable, quoi que l'on fasse ? Ce morceau de vie qu'on vous jetait en pâture, puis qu'on vous retirait, c'était inacceptable !

Les Klein ne revenaient pas, elle eut envie de s'en aller. Tout lui parut inutile, ces plaintes, ces chuchotements à côté, le passé, demain. Il lui semblait soudain se mouvoir au milieu d'un décor, que les objets s'évanouiraient si elle cherchait à les saisir. Même cette table, sur laquelle elle prenait appui, était faite d'une manière, d'une texture impalpable qui vous fuirait entre les doigts. Et par-dessus cette table : la nappe blanche, les mains qui l'avaient brodée, qu'était-ce que tout cela, doté d'une vie trop fragile, empruntée au temps ? Rien en dehors du temps, ce temps sans cesse en voie de disparaître. Rien ces murs. Rien ce bruit, rien cette rumeur des villes. Rien la trépidation du métro qui passe, à intervalles réguliers, exactement sous les fondements de l'immeuble. Temporaires l'immeuble et ses fondements, rien la cadence de l'autobus, cette trépidation des choses. Rien cette rue, présente jusqu'au milieu de cette chambre. Rien cette chambre flottant au gré du temps. Rien ce monde. Rien ces gens qui vont, qui viennent, transportés, emmenés, ramenés, tandis que leurs vies s'écoulent, s'écoulent, s'écoulent...

Lassée d'attendre, elle feuilleta le livre entrouvert :

« Pourtant, bien que chacun se fuie
comme la prison qui le tient et le hait,
Il est un grand miracle dans le monde :
Je sens que toute vie est quand même vécue. »

Elle rabattit la page avec impatience. La phrase pourtant s'incrustait : « Toute vie est quand même vécue », éveillant de lointains échos, rejoignant une réalité, plus forte que le présent. Le vieux venait d'entrer. Il se retourna pour une dernière recommandation à son épouse, referma la porte derrière lui, avança en hochant la tête :

— Excusez-la, excusez-la...

Puis il se laissa tomber sur le fauteuil, ses mains recouvrant ses genoux :

— Il faut la comprendre...

Cela aussi, peu à peu, vous usait. Comprendre, se mettre à la place. Devenir l'un, devenir l'autre. Ne plus retrouver son propre cri. Être avec soi, contre soi, à la même seconde. Ah, si quelque chose pouvait rassembler tout cela, ces peines, ces pleurs, ces cris, ses propres contradictions, en une seule gerbe. Une seule. Une. Elle souhaita le désert, la nudité du désert, la solitude, l'éloignement de tous ; mais au même instant elle aurait aimé se mettre aux genoux de ce vieillard, caresser ses vieilles mains, lisser les rides sur son front, lui ôter sa peine.

Il venait de tirer de sa poche un portefeuille bourré de lettres :

— René m'écrivait souvent. Il était instruit, pas comme moi. Mais on s'entendait tous les deux. Il disait que la poésie n'avait pas de frontières, que ça plongeait si loin, si loin dans le cœur des hommes que rien, jamais, ne l'en arracherait. Avec lui, j'aurais fini par comprendre. Tenez, par exemple, cette phrase...

Il approcha le livre, promena son index le long de la table des matières :

— Voilà :

« Sens, tranquille amie de tant de larges,
Combien ton haleine accroît encore l'espace. »

Il s'adossa. La tête rejetée en arrière, il ferma les yeux :

— « Amie de tant de larges », redit-il très lentement. Ça lui ressemble, vous savez.

Au bout d'un moment, il tendit le livre à Lana.

— Lisez-moi quelques lignes, n'importe lesquelles.

Les feuillets s'écartèrent d'eux-mêmes sur une page marquée au coin.

« Qui maintenant pleure quelque part dans le monde,

Sans raison pleure dans le monde,

Pleure sur moi. »

Leurs regards se croisèrent, elle continua :

« Qui maintenant marche quelque part dans le monde,

Sans raison marche dans le monde,

Vient vers moi. »

Les mots restèrent longtemps comme suspendus.

Puis elle déposa le livre ouvert sur la table, et repoussant doucement sa chaise se leva pour partir.

De l'autre côté de la cloison, Émilie sanglotait toujours.

DEUXIÈME PARTIE

Le Désert

Je questionnai l'un de ces hommes, et je lui demandai où ils allaient ainsi. Il me répondit qu'il n'en savait rien, ni lui, ni les autres, mais qu'évidemment ils allaient quelque part, puisqu'ils étaient poussés par un invincible besoin de marcher.

Charles Baudelaire
(Chacun sa chimère).

Chapitre premier

L'avion volait bas sous un ciel brossé, métallique, frotté à l'émeri. A travers son hublot, Lana aperçut la plage d'Afrique.

La frange blanche de l'eau lapait les rives, reculait avec une sorte de langueur, découvrant un sable pailleté qu'elle envahissait à nouveau. Suivait une terre horizontale, dure, désertique, emmaillotée de chaleur. Peu après, des villages se suivaient, plaqués au sol avec leurs maisons de boue desséchée et quelques arbres piqués autour. Ici, sans doute, battait une autre vie ; plus secrète, plus déchirante aussi. De loin, on apercevait la vallée fertile, sa brassée de verdure de part et d'autre du grand fleuve. Mais l'appareil s'en détourna, s'enfonçant vers l'arrière-pays.

Il ne devait atterrir qu'au bout d'une heure sur une des rares pistes aux confins du désert.

La porte de la carlingue venait de s'ouvrir. Un homme, qui attendait depuis plus d'une heure sous le hangar, s'avança le long de la piste jusqu'au pied de l'escalier roulant, et n'eut aucun mal, parmi le petit nombre de passagers, à reconnaître Mme Moret.

— Je suis Rigot. Robert Rigot. L'agence m'a demandé de me mettre à votre disposition. Vous logerez chez nous ; je ferai ce que je pourrai pour vous aider.

— Pouvez-vous me conduire là-bas, le plus vite possible ?

L'homme était petit, trapu, avec une face lunaire — aux traits fins, aux lèvres inexistantes — alourdie par des sourcils en broussaille. Seuls ses yeux, globuleux, à fleur de tête, d'un noir incandescent, animaient ce visage.

— Le lieu de la catastrophe est loin, à plusieurs heures de route. Les pistes qui y mènent sont mauvaises. Vous feriez mieux de prendre d'abord du repos.

— Je vous en supplie, cela fait des jours que j'attends.

Ils traversèrent, puis s'éloignèrent ensemble du hangar, chacun portant une valise. Au bout de quelques pas, il s'arrêta, et, la fixant dans

104

les yeux — on aurait dit que, gêné de sa corpulence et de la pâleur clownesque de ses joues, il ne comptait que sur l'acuité de son regard pour que ses mots portent :

— Vous savez, n'est-ce pas, qu'aucune recherche n'a encore abouti, et que sur place vous ne trouverez rien. Rien qu'une suite de piquets en bordure de quelques grosses pierres sur lesquelles on a coulé de l'asphalte, un chemin qui s'égare dans les sables sur les traces du survivant.

Il avait repris sa marche, lente, lourde. Habituée aux grandes et rapides enjambées des villes, Lana s'efforçait de ralentir son pas.

— Il y a un survivant, c'est sûr ?

— Les preuves sont formelles.

— Laissez-moi aller tout de suite.

— Madame Moret, on m'a fait part de votre conviction. Vous êtes persuadée, m'a-t-on écrit, que votre mari est cet unique rescapé. Avez-vous de bonnes raisons d'affirmer cela ?

La tête dans le cou, il continuait d'avancer.

— Pas ce qu'on peut appeler de véritables raisons. Non. Mais... la mort ne lui ressemblait pas.

— A qui donc ressemble la mort ?

Ils avancent entre deux rangées d'eucalyptus aux troncs jaunâtres, rachitiques, aux feuilles étroites et grises. L'air brûlant prend à la gorge, le soleil ressemble à une fleur géante qui ne cesse de grandir. Du revers de la main, la femme essuie la sueur à la racine de ses cheveux. Son chemisier colle à son dos.

Un peu plus loin, un tuyau d'arrosage, à l'abandon au pied d'un arbre, gargouille ; puis une eau noirâtre se met à gicler, emplit la cuvette, déborde, se déverse sur le chemin, éclaboussant les chevilles de ceux qui passent. L'écorce boit avidement, les craquelures s'estompent. Il semble à Lana qu'elle aussi respire mieux.

— Puisque vous le souhaitez, dit enfin l'ingénieur, nous partirons tout de suite.

Sous une tente en toile bistre, à l'abri du soleil, un jeune Noir dort au volant de la jeep.

— Seif ! Hé, Seif, on s'en va.

D'un coup il s'éveille, et bondit hors de la voiture, débarrasse chacun de sa valise.

— Nous allons à Mayid, Seif.

— Maintenant ?

— Oui, passe d'abord à la maison pour que je prévienne Mme Rigot.

Plus loin, à la limite du désert, la maison de l'ingénieur ressemble à un cube peint à la chaux.

— Ce ne sera pas long.

Dès qu'il eut disparu, le jeune Nubien se retourna vers la femme.

— Longue route jusqu'à Mayid, dit-il.

Le bras passé autour du dossier de la banquette, ses doigts pianotaient dans l'air. Sauf pour ce visage — en forme de bille, aux contours fermes, éclairé par un regard d'oiseau, aigu et doux à la fois — toute sa personne s'étirait en longueur. On avait l'impression que, s'il s'étendait, son orteil atteindrait le bout de la voiture, sa main irait toucher le mur de la maison blanche.

— Vous avez déjà été là-bas ? demanda-t-elle.

— Oui, avec l'ingénieur.

Il se détourna brusquement, pencha sa tête en avant, murmura pour lui seul, mais elle l'entendit :

— Là-bas, il n'y a rien.

Mais aussitôt, se reprenant :

— Qui sait ? Dieu seul le sait.

Rigot s'attardait. Un bruit de voix qui ressemblait à une dispute parvint jusqu'à la voiture. Seif hocha plusieurs fois la tête, puis cherchant à distraire la passagère, il tira de sa poche une photographie qu'il exhiba :

— Toute ma famille, dit-il.

Il y avait là une vingtaine de personnes groupées autour d'un banian. Il nomma chacun. Ensuite, mais cette fois avec une sorte de gravité, posant son doigt sur l'un ou l'autre, il dit :

— Mort. Celui-là : mort. Et celle-là. Et ici, mon frère. Et le père. Et le petit. Mort. Mort. Mort.

Il indiqua ensuite l'arbre, ses racines multiples, apparentes, monstrueuses :

— Celui-là, en vie. Pour le père du père de mon père, il est là. Pour le fils du fils de mon fils, il est là. Toujours là.

L'ingénieur tenait à la main un vaste chapeau en raphia aux bords effilochés :

— Ma femme me l'a donné pour vous, dit-il à Lana.

La jeep repartit en cahotant, avança sans se hâter et n'accéléra qu'en abordant un tronçon de route asphaltée. Au bout d'un moment celle-ci allait en se rétrécissant, jusqu'à s'engouffrer dans le désert et se transformer en piste.

— Ça fait longtemps que vous habitez ici ?

— Douze ans, dit l'ingénieur.

— Vous retournez souvent en Europe ?

— Jamais depuis.

— Ça ne vous manque pas ?

— Ma passion ce sont les routes : construire où rien n'existe. J'aime respirer l'odeur du goudron. Je ne suis heureux que lorsque le compresseur plaque dans le sable sa bande noire. Je voudrais que l'on puisse traverser le désert de part en part. En Europe tout est déjà dit, tracé ; on invente le superflu, on se préoccupe des loisirs. Ce qui m'intéresse ce sont les premiers pas, les balbutiements...

— Votre famille est avec vous ?

— Ma femme.

— D'être si loin, est-ce que ce n'est pas parfois trop dur pour elle ?

— Je n'en sais rien. Parfois, je me le dis. Ici, malgré tout, la vie est facile, ma femme n'a aucun souci matériel. Là-bas, elle travaillait, elle se plaignait du manque de temps. Quand nous nous sommes mariés, il y a trois ans, je l'avais prévenue. Elle m'avait dit qu'elle préferait n'importe quoi à ses heures de bureau, aux encombrements, matin et soir, aux files d'attente. Elle a toutes ses journées à elle à présent. Dans la vie, reprit-il, il faut savoir se contenter. Moi, je me contente de mes routes.

— C'est quelque chose une route...

L'air était sec, palpable. On aurait pu l'effriter comme des brindilles, s'attendre qu'il tombe en poussière entre les doigts. La voiture sursauta, évitant de justesse l'ensablement ;

des deux mains, Lana rattrapa son chapeau par le bord.

Le dernier cactus se perdait dans le lointain. Bientôt ce fut un univers de dunes, dominé par un ciel inerte.

— Se laisser boire par tout ça, c'est une tentation, n'est-ce pas ? dit-elle.

— Ça dépend de ce que l'on cherche.

— Qu'est-ce que l'on cherche ?

— Ça aussi ça dépend, ce n'est pas pareil pour chacun. La vie a un sens différent pour chacun. Elle est partout. Tenez, même là-dessous, elle crépite, la vie.

— Sous cette mort, cette sécheresse ?

— Elle fourmille là-dessous. Le lézard, la souris, le serpent, le rat, une multitude de fouisseurs qui se passent d'eau, grouillent sous cette carapace. Et vous... fermez les yeux, ne regardez plus en dehors, faites le vide. Là-dedans aussi, ça fourmille. On n'échappe pas à la vie. Pas besoin de la chercher. Elle est là.

Il joignit le geste à la parole. Privé d'yeux, on aurait dit un roi de carnaval au masque en papier mâché :

— Ça vit là-dedans, ça vit, continua-t-il d'une voix presque exaltée. Mais on n'a pas le temps, ni l'envie de s'en soucier...

Il souleva lentement les paupières :

— Vous ne fermez pas les yeux ? Vous ne faites que fixer la route.

— C'est avec mes yeux que je veux voir.

A l'instant même une bouffée tiède lui rappela d'une manière foudroyante, douloureuse, l'âcre odeur des doigts de Pierre après qu'il eut longuement fumé sa pipe. Elle revit ses doigts, ses ongles, jaunis, carrés. Elle toucha sa main pour la retenir. Elle la retint l'espace d'une seconde. D'une seule seconde...

— Regardez ! s'écria Seif.

Une large nappe mauve s'étalait devant eux.

— Qu'est-ce que c'est, un mirage ?

— La verveine des sables, dit l'ingénieur.

— La vie ! s'exclama Seif, et il éclata de rire, comme si — de connivence avec les plantes — il venait de remporter une victoire personnelle sur le désert.

Poussant la voiture au plus près, il longea l'étendue colorée.

— La fleur du désert n'a pas de feuilles, elle économise son humidité, dit Rigot.

— Comment se nourrit-elle ?

— D'un rien, la faible rosée du matin. Quelques gouttes lui suffisent.

Le champ bientôt dépassé s'emmêlait, de loin, au paysage ; sa tache vive se résorba peu à peu dans les teintes sablonneuses. Ensuite tout sombra à l'horizon.

— Que savez-vous de l'accident ?

Depuis le départ ils n'y avaient plus fait allusion ; on aurait dit que toutes les paroles échangées n'avaient fait que repousser ce moment.

Il hésita, ne valait-il pas mieux, jusqu'au bout, éluder cette question ?

Elle revint à la charge.

— Qu'est-ce qui s'est passé ?

— On ne connaît pas la cause précise.

— Vous pouvez tout me dire. Je préfère.

— L'enregistreur du vol a été récupéré, mais cela ne nous a pas aidés à comprendre. Il semble que l'avion ait piqué d'un seul coup.

— Et les secours ?

— L'intervention n'a pas été immédiate, mais ça n'aurait rien changé. Un gigantesque incendie s'est déclaré aussitôt et personne n'aurait pu approcher de ce brasier. Le premier appareil qui a survolé les lieux, ses projecteurs braqués sur l'épave, était trop puissant pour tenter d'atterrir loin de toute véritable piste.

Il continua sans se hâter, avançant comme on navigue entre des écueils, avec prudence.

— Certains membres de l'équipage ont cru voir des rescapés, ce n'étaient sans doute que des ombres. Ils volaient trop haut et la fumée était intense. Quelques heures après, lorsque les sauveteurs sont arrivés — le kérosène s'échappait toujours du réservoir alimentant une dernière traînée de feu — ils n'ont trouvé personne, et ont dû découper la tôle au chalumeau pour dégager les corps.

— Le survivant ?

— C'est à l'aube qu'ils ont découvert le fauteuil, éjecté à une assez grande distance.

— Mais cet homme ?...

— Nous n'avons aucune preuve que ce soit un homme, madame Moret. Mon camp est le plus proche du lieu de l'accident, je m'y suis rendu très vite. Du fauteuil partaient des empreintes légères. Nous avons immédiatement fixé le parcours avec ce dont nous disposions. Je suis revenu le lendemain pour le consolider à l'aide de grosses pierres et de piquets.

— Au bout de ce chemin ?

— Rien.

— On ne peut pas disparaître comme ça, sans laisser de traces.

— Un vent violent s'est sans doute levé à l'endroit où semblent aboutir les pas — en contrebas d'un plateau. A partir de là, il n'y a plus rien et l'on ignore quelle direction a été prise. Le survivant a probablement été secouru, emmené par des nomades. Pour l'instant, on ne peut que supposer...

La voiture roule, mais pas assez vite. D'immenses mâchoires de chaleur, de poussière l'enserrent comme un étau. Le silence aussi est un étau.

— Plus qu'une heure, dit Seif.

— Dans la nuit des siècles..., commence l'ingénieur. Mais je vous ennuie.

— Non, non, parlez. Je vous en prie.

— Dans la nuit des siècles, à l'emplacement de ce désert, il y avait un océan. Tout un océan, peu à peu vaincu, cerné par les plissements, aspiré par le soleil.

L'écoutait-elle ? Il ne voyait que son profil et ce regard tendu vers la route.

— La terre vole l'eau du ciel. Le ciel vole l'eau de la terre. C'est la guerre, toujours la guerre, il n'y a de paix nulle part, dit Seif.

— C'est exact, dit l'ingénieur.

— Il ne peut y avoir de paix, dit Lana.

— Il faut creuser la terre, enchaîna Seif. Dessous, on trouvera un morceau de mer, un grand lac. Dessous, il y a le blé, la bonne ombre, la nourriture pour demain. L'eau, ça vaut mieux que le pétrole, monsieur Rigot !

— Ça dépend pour qui, Seif.

— Pour nous, monsieur Rigot. Pour nous !

Chapitre II

Abandonnant la voiture au bout de la piste, tous trois se dirigent vers la falaise qui surplombe le lieu de l'accident. Ils gravissent lentement la pente, s'enfonçant parfois jusqu'aux chevilles dans le sable mou.

L'ingénieur soutient le bras de Lana, tandis que le jeune Nubien s'arrête pour se déchausser. A partir de ce moment, on dirait que celui-ci survole la surface du désert ; ses pieds bruns à la plante cornée glissent, légers, sans entrave. Seif précède les deux autres, s'arrête pour se laisser rejoindre, repart en avant de nouveau.

Les jambes de Lana sont de plus en plus lourdes ; le point culminant du tertre s'éloigne à chaque pas.

Soudain, n'en pouvant plus, elle s'efforce de

courir. Un sol de cauchemar, aimanté par en dessous, la retient, s'agrippe à ses semelles. Elle tombe, se relève, repart, s'affale encore.

L'ingénieur la rappelle :

— Ça ne sert à rien, madame Moret, on ne peut pas se presser sur le sable.

Elle n'écoute pas, se hâte, parvient à dépasser Seif, arrive la première au sommet de la butte.

Une fois là, elle s'arrête, recule...

Au bas de la colline, au seuil de l'immense plaine, elle a vu l'épave.

Monstre mutilé qui balafre, défigure la nappe tranquille du désert ; aigle criblé de blessures, centaure calciné, poulpe géant dont la chair serait d'acier, gigantesque requin percé de lances, oiseau démembré, fixé sur son nid souterrain. Tout cela à la fois. Mais si rude, si acérée aussi, l'épave, qu'en la regardant s'exclut toute idée de mort d'homme. Si inhumaine. A moins que...

A moins que depuis toujours nous ne soyons que cela. Ce corps vivant, chaleureux, rien d'autre qu'un agglomérat, qu'une mécanique... Rien d'autre, ce toi. Ce moi qui t'appelle. Ce moi qui va, ce moi qui me regarde aller. Notre seul lien, notre seul langage, celui-ci : cendres, matière. Eh bien alors, que cette comédie cesse ! Pour quoi, pour qui a-t-elle jamais commencé ?

L'ingénieur s'approche, pose une main sur l'épaule de la femme :

— Venez. Rentrons.

Elle ne veut pas rentrer. Pas encore. Elle n'est pas venue de si loin pour fuir.

— Je dois rester.

— Comme vous voulez.

Il faut continuer, s'habituer, faire face. Il faut le temps de chercher, de comprendre. « Je ne te retrouverais jamais si j'abandonnais si vite, Pierre. » Rigot reprend son bras, l'aide à descendre la dune, chaque pas creuse le sol, chaque creux s'ensable, se comble de nouveau.

A l'ombre de l'épave, Seif se couche sur le dos, déplie son mouchoir bistre, l'étale sur son visage pour dormir.

Lana s'approche, effleure un bout d'aile, frôle la carlingue, va plus près, fait le tour de la carcasse, pénètre plus avant, touche une portière déchiquetée, se glisse entre les pattes géantes, reconnaît un débris de hublot, se familiarise, s'apprivoise, apprivoise — à travers chaque geste — la peur, l'angoisse, elle ne sait quoi encore.

— Dites-moi pourquoi...

— Il n'y a rien ici que l'on puisse comprendre, réplique l'ingénieur.

Rien. Toujours ce rien. Une citadelle. Un

gouffre. La femme se penche, fouille le sable, fouille ce rien, fouille les cendres. Peut-être suffira-t-il d'un objet ?

— Il n'y a rien à trouver.

Elle persiste :

— J'ai trouvé !

Elle amasse un petit tas de sable, lui montre une perle au-dessus. L'ingénieur hausse les épaules :

— On ne saura jamais à qui elle appartient.

— Je sais.

— A qui ?

— A Florence.

— Qui est Florence ?

— La femme d'André Leroc.

— Vous la connaissiez ?

— Non.

Pourtant il lui semble qu'elle la connaît, qu'elle les connaît, un à un. Ils font partie d'elle. Elle se reprend :

— Je la connais.

Puis se détournant, elle avance entre les tentacules de fer, s'introduit sous une arcade... Surtout ne rien trouver ici qui appartienne à Pierre. Une plaque de tôle déchire sa robe, ses bas sont troués aux genoux.

Une heure, peut-être plus, passe ainsi.

Plus tard, l'ingénieur l'a conduite à l'écart,

assez loin, pour lui montrer le fauteuil éjecté. Le dossier sans déchirure, les accoudoirs en nylon bleu sans un fil d'arraché, le coussin sans un accroc contrastent bizarrement avec l'âpre paysage.

Au pied de ce fauteuil, s'amorce le chemin. Fait de grosses pierres hâtivement badigeonnées de noir et que bordent d'un côté des piquets peints en rouge, il s'étire, s'obstine à travers la plaine.

Chapitre III

— Où allez-vous, madame Moret ? demande-t-il tandis qu'elle s'engage sur le chemin. Ça ne mène nulle part...

Il a dit cela, sachant cependant qu'il ne parviendrait pas à la retenir, et qu'elle préfère partir seule.

— Je vous attendrai ici.

Alors qu'elle s'éloigne, il redescend vers l'épave, tire un stylo, un carnet noir de sa poche, fait lentement le tour de l'appareil, notant quelques récentes observations.

Malgré le mouchoir posé sur son visage, Seif a deviné la présence de l'ingénieur. Il se redresse :

— Où est-elle ?

— Elle croit trouver quelque chose en suivant les traces.

Il hausse les épaules.

— Mieux vaut la laisser faire.

Seif se lève, aperçoit de loin la femme qui tourne le dos au fauteuil et qui avance lentement. Il remet ses chaussures.

— Où vas-tu, Seif ?

— Avec elle.

— Elle veut être seule.

— Elle sera seule. Je resterai loin derrière.

Le ciel est une immense coque retournée, un soleil de proie y fait son nid. Le large bord du chapeau de raphia forme un îlot d'ombre qui se déplace autour de la femme. Seif suit à distance. Il a noué rapidement son mouchoir bistre aux quatre coins, et l'a posé sur sa tête comme un bonnet. Le ciel est un antre, le soleil est pris dans ses filets comme une caille. La femme marche dans l'étroit sillage. Chaque parcelle de sable est en feu. Parfois un piquet de bois s'est renversé, Lana se penche, le redresse ; un autre s'est enfoncé, Lana le dégage, le rend apparent de nouveau. Chemin, chaînon, chimère. En cet instant, qu'y a-t-il d'autre au monde que ce pas qui entraîne ce pas ?

« Quel que soit le chemin, les hommes n'arrivent jamais nulle part », dirait Pierre. Est-ce Pierre qui le dirait ? « J'ai marqué chaque bloc d'une tache de goudron, expliquerait l'ingénieur, pour qu'on aperçoive le chemin de loin. » « Je suffoque, crierait Jeanne ; depuis que Serge est parti, je ne vois plus de chemin, rien que des portes qui se ferment. » « Pour Bernard, confierait Lydia, un chemin c'est un sentier, sur lequel on avance en grandissant un peu plus chaque jour. Mais pour Lucien, qui tangue, qui tangue dès qu'il se met debout, un chemin c'est un bras de fleuve, ou le dos d'un poisson endormi ; c'est le pont qui oscille entre deux bras de terre, la terre, la solide terre de ma poitrine contre laquelle il viendra s'abattre, la solide terre de mon amour. » « Mon collier de perles, il faut qu'on le retrouve, grain par grain, réclamerait Florence, qu'on examine le sentier, qu'on enlève les piquets, qu'on ratisse le sable. » « Un chemin pour fuir, pour leur tourner le dos, pour devenir moi-même, enfin moi-même », et Martine s'y précipiterait. « On ne peut pas être deux sur ce chemin, dirait Jean Rioux, tu vois bien qu'il est trop étroit, écarte-toi, Francine. » « Écoute, grand-père, tu peux, tu peux comprendre, un chemin c'est comme le reste, c'est toujours un peu autre chose, c'est toujours un peu plus que ça ne paraît. » Lana avance, avance toujours, progresse le long du sentier, de cette ligne effilée, de ce tracé noir, de cette courroie, de cette lanière, de cet interminable passage tandis que défilent en même temps d'autres sentiers, ceux des autres s'emmêlant au sien, différents, semblables, serrés, étranglés entre les bras des sables et de la mort.

— Que ce chemin cesse.

— Non. Plutôt qu'il ne s'arrête jamais.

— Que ce chemin s'épuise, qu'il débouche dans un puits ; un puits où je me noierai. Qu'il fonde dans un bûcher où je pourrai me jeter.

— Non. Plutôt que tout continue. Que rien n'aboutisse.

— En finir. Tirer le trait. Qu'au-dedans, ce quelqu'un d'éternellement présent, d'éternellement éveillé se taise, que sa bouche s'ensable, que ses paupières se verrouillent, que ses oreilles se murent !

— Non. Aller encore. Vivre. Jusqu'au bout. Au bout de l'« honneur de vivre ».

— Qui parle, qui parlait de l'« honneur de vivre » ? Encore les grands mots, le creux, le vide des grands mots.

— Non. La vitalité des mots, de certains mots. Amour, vivre... Certains mots respirent : « présent, matin, eau, route, fenêtre, demain... » Certains mots rognés, usés, renaissent.

— Ne plus se laisser berner. Sortir du jeu. S'abstraire, s'enfouir. S'engluer sur place. S'éteindre.

— Non. Marcher. Choisir. Je choisis de vivre. J'ai choisi. Quelle que soit la route.

124

Seif a pitié. Pitié de cette femme, devant lui, qui titube, se redresse, s'abandonne, se reprend. Pitié de cette femme-chapeau, de cette femme-douleur, de cette femme-pèlerin, de cette étrangère, de cette femme semblable aux femmes. « Assez ! » Voilà ce que Seif voudrait hurler à la face du désert, à la face du ciel, à la face de ce qu'il ne sait pas. « Assez ! » Tellement lui paraît intolérable le spectacle de cette douleur. « Assez ! » hurlerait Seif, si seulement il osait. « Assez ! » dans sa langue à lui, dans sa langue à elle, dans toutes les langues du monde. Mais il n'ose pas. Redressant sur le sommet de sa tête le mouchoir qui ne cesse de glisser — mince, trop mince protection contre cette fournaise là-haut — il continue de suivre cette femme, pas à pas, sans trop approcher. D'un bond, il sera à ses côtés si elle tombe, si elle ne parvient pas, toute seule, à se relever.

Subitement, elle s'arrête comme si elle butait contre un mur. Puis, se retournant elle aperçoit Seif :

— C'est ici la fin ? demande-t-elle, indiquant l'endroit où elle se trouve.

Il va vers elle, constate :

— Oui. La fin.

Mais ce n'est pas exactement ce qu'il souhaitait dire, et il s'emploie tout de suite à trouver d'autres mots, des mots qui rachèteraient les premiers. Il cherche, il s'embrouille. Il ne trouve pas. Alors, d'un large mouvement du bras, il embrasse toute la plaine, la balayant de part en part dans toute son étendue. Ce simple geste a suffi, pour susciter, lever, délier les paroles qui se pressent maintenant à ses lèvres :

— Tout ça. Il reste encore tout ça !

Seif, le Nubien, fils de barquier, qui a la beauté lisse et simple des pierres, et la femme venue de loin — habitée, façonnée par d'autres pensées, d'autres lieux, d'autres raisons, formée, structurée par la cité — fixent ensemble, pour un moment, le même horizon ; vivent ensemble, pour un moment, le même espace.

La femme se retourne et, son index en direction du chemin parcouru, elle éclate soudain de rire. Un rire, des rires qui se chevauchent. « Absurde. Idiote. Je suis idiote. Suivre ce chemin ! Avant de commencer je savais qu'il ne menait nulle part. Absurde. Folle. Stupide. Tout va à la mort. A quoi sert de marcher, d'avancer. D'où nous vient la force ? » Elle rit. Et Seif recule, par respect, pour ne plus être témoin de ce rire. Il recule, s'éloigne sans pourtant la perdre du regard. Il ôte son mouchoir, s'essuie la bouche, s'essuie le cou. C'est pire que tout, ce rire. C'est pire que tout.

De nouveau la femme s'est tournée vers la plaine. Elle lève son visage et fixe le soleil. Si cela dure trop, elle s'aveuglera. Peut-être est-ce cela qu'elle cherche ? Seif s'accroupit, guette, s'installe dans sa patience, attend que sa conduite lui soit dictée.

Enfin, la femme s'est assise.

De loin, tassée sous le large bord de son chapeau, ses bras enserrant ses genoux, on la prendrait pour un fragment du paysage.

Elle pleure. Ses épaules sont secouées de sanglots. Et Seif a pitié. Encore pitié, pas seulement d'elle, mais de toutes celles qui pleurent, de sa mère qui se cachait pour pleurer, de ses sœurs qu'il a vues pleurer, pleurer sur leur misère, sur la mort, la maladie, sur l'humiliation, sur la souffrance. Faisant couler le sable d'une de ses mains dans l'autre, Seif se laisse envahir, submerger par la pitié, et se figure qu'il ne peut pas y avoir de fin à la peine des femmes de ce monde.

Mais peu à peu une autre idée le traverse et Seif commence à se dire que les larmes c'est comme l'eau, et que l'eau est bénie. En dépit de ce ciel où se heurtent et retombent les sanglots, Seif se met à penser, se plaît à penser que sans doute les larmes, toutes les larmes se joignent quelque part en un fleuve souterrain qui fertilise, adoucit, éveille, transforme la terre. Peut-être pas dans l'instant pour celui qui est tout à ses larmes, mais pour d'autres, et

— qui sait ? — plus tard, pour celui-là même qui a pleuré !

Et Seif s'agenouille, touchant de son front, puis baisant le sol aride, rendant grâces d'avoir eu cette bienfaisante pensée.

Chapitre IV

Une ampoule sous son abat-jour safran éclairait faiblement la table que Seif desservait. L'ingénieur se leva pour bourrer sa pipe. Sa femme, assise en face de Lana, portait des lunettes noires, munies de verres larges qui lui dévoraient la figure ; on avait l'impression que tout ce qui se passait dans la pièce défilait, dérapait à la surface de ces écrans couleur de fumée comme s'il n'y avait pas d'yeux derrière. Ses cheveux, assemblés sur la nuque en un chignon lâche, étaient piqués de grosses épingles qui s'échappaient sans arrêt et que la jeune femme devait constamment rajuster. Son corsage en soie violette dégageait le bras, le cou, accentuant leur pâleur.

— ... J'aurai bientôt vingt-huit ans, conclut Élisabeth après avoir longuement parlé.

Elle en paraissait davantage, ou bien alors c'était un de ces soirs où sur un visage chaque année laisse son empreinte.

Tout en évitant de parler de l'accident, ou de rappeler les événements de cette journée, l'ingénieur s'était efforcé, au début, d'animer la conversation. A présent elle se déroulait sans lui, c'était un soulagement de n'avoir plus à s'en soucier.

L'arôme du café se répandait. L'air conditionné, renouvelé, rafraîchi par un appareil qui ronronnait dans un coin, maintenait une bonne température dans la pièce. Celle-ci était spacieuse, pourtant murs et plafond paraissaient tangibles, s'imposaient. Des tapis suspendus alourdissaient les parois, des tables basses en cuivre voisinaient avec une radio, un pick-up, des disques jonchaient le canapé. Dans une eau grisâtre des fleurs se mouraient. Le bocal de poissons était vide, une algue flottait sur la surface liquide. Il y avait aussi une cage sans oiseau. C'était un peu comme si la vie s'efforçait, sans y parvenir, de se maintenir entre ces cloisons. Quelque chose de secret, d'impénétrable, d'oppressant suintait à travers les objets, s'imposait par la manière dont certains étaient mis en valeur, tandis que d'autres étaient rejetés, négligés. Sur le seul panneau vide Élisabeth avait fixé un immense œil de pierre — de ceux que l'on trouve dans les

130

tombes anciennes —, un œil en forme de longue barque, surmonté d'un sourcil en saillie, le même œil qu'elle portait en broche sur son corsage.

— Vous êtes la seule personne qui soyez venue jusqu'ici, reprit-elle. Vous pensez vraiment que c'est votre mari le rescapé ?

— Oui.

— Madame Moret, vous devriez demander à Élisabeth de vous montrer ce qu'elle écrit, interrompit l'ingénieur voyant que la conversation prenait un tour qu'il cherchait à éviter. Elle a beaucoup de talent, vous savez...

La jeune femme se leva brusquement, sa tasse de café se renversa, se répandit sur la nappe :

— Tu ne vas pas encore parler de ça, Robert !

— Mais si, montrez-moi, dit Lana.

Elle sentit aussitôt qu'elle n'aurait pas dû insister. Les paroles vont vite, trop vite. Que savait-elle de l'existence, des raisons de chacun ? La vie ne se déroule pas seulement sur scène, elle se répand dans les coulisses. Elle se déverse partout, la vie ; elle s'infiltre derrière soi, devant soi, côté cour, côté jardin.

L'ingénieur insista :

— Mme Moret est certainement au courant des dernières tendances, de ce qui se fait en ce moment, elle pourra te conseiller.

Sans répondre, Élisabeth sortit de la pièce.

Elle ne revint qu'au bout de quelques minutes. Avec une éponge elle se mit à tamponner la tache répandue sur la nappe.

Élisabeth se retourna sur les marches :

— Ne m'en veuillez pas pour tout à l'heure, madame Moret.

Au troisième étage elle montra sa chambre à Lana.

— Vous serez tranquille ici, vos fenêtres donnent sur une terrasse. Certains soirs c'est d'une terrible beauté qui vous écorche.

Elle éclaira la chambre. Une moustiquaire blanche encageait le lit.

— Restez le temps qu'il vous faudra. Robert vous aidera de son mieux, dit-elle en s'en allant.

Devant les portes-fenêtres, Lana se déchausse, ôte sa blouse, détache sa jupe. Puis en combinaison, pieds nus, elle avance sur les dalles en ciment de la terrasse.

« Je te retrouverai, demain... Demain. Mon demain. Notre demain. » La nuit est opaque malgré le semis d'étoiles, l'absence est profonde malgré cette battue de paroles, ce chapelet de pensées, ce carrousel, cette cavalcade où l'on tourne et virevolte. « Je ne me contenterai pas de souvenirs. Je te verrai avec mes yeux, je te toucherai avec mes mains, c'est ton épaule qu'il me faut, le creux de ton épaule, les battements de ton poignet ; la nuit, tes jambes nouées aux miennes. » Lana s'appuie, étend les bras le long du parapet, pose sa joue sur le rebord. On dirait que la pierre respire, rend peu à peu sa chaleur, se disjoint. Parfois il ne reste plus que la tendresse des choses, la suavité du bois, le poli d'une vitre, le grain de la pierre. La nuit s'affirme, s'incruste. Ciel et désert se confondent, femme et pierre s'enchevêtrent, femme et désert, femme et ciel, femme et brise ; cette brise qui fraîchit à mesure que filent les heures.

La terrasse se tient toute seule, flotte sur l'épaisseur de la nuit. Des papillons volent, des oiseaux presque invisibles passent à tire-d'aile. Qu'est-ce qui tient debout face à toute cette ombre ? Qu'est-ce qui, seul, s'oppose éternellement à la nuit ? Quelqu'un en soi parle, raconte, improvise, commente, fabule, parlera jusque dans l'agonie. Mots-ronces, mots-cibles, mots-griffes, mots-crosses, mots-brèches, mots en charpie :

— PIERRE !

Le buste penché au-dessus du parapet, la femme jette ce nom en pâture :

— PIERRE ! PI...ERRE !

Erre. Errant. A grande erre. A belle erre. Hier. Lierre. Aire. Air.

Un ciel où fourmillent les étoiles a bu sa

voix. Alors les autres mots se terrent, s'enfoncent, creusent, martèlent, ne parviendront plus aux lèvres. Mots-poings, mots-lambeaux, mots-labours, mots-fouets. A coups de bec les mots minent le seul arbre encore debout. Des mots-tenailles broient les saisons. Temps sous un saule ? Temps de pause ? Temps des ombrages, où êtes-vous ? Mots-claies, mots-prairies, mots-cigales, où êtes-vous ? Le silence ressuscite la blessure. Les paroles ressuscitent la blessure. Cuirasse du ciel ; impénétrable coquille, murée comme l'oreille des dieux. Fantômes que les cités. Fables que les larmes. Inventé, l'amour. Illusoire, la mort. Absente, la vie. Nulle part. Ni ici. Ni ailleurs. La nuit est notre chevelure. Les sables, nos robes agglomérées. La roche serrée de demain nous rejette. Demain nous pousse hors du temps. Nous ne serons plus personne. Demain...

A l'aube, Élisabeth frappe à plusieurs reprises à la porte de Lana ; tourne la poignée, entre, s'étonne de trouver le lit vide, les fenêtres ouvertes, et celle-ci couchée sur la terrasse.

— Vous m'avez fait peur.

— Je ne sais plus ce qui s'est passé, je me suis endormie dehors sans m'en rendre compte.

— Voici une carte de la région. Une équipe de

six hommes sera ici dans une heure ; vous partirez avec eux pour visiter l'oasis la plus proche et Seif sera votre interprète. Les jours suivants, vous choisirez vous-même votre itinéraire.

Autour, tout avait changé. Les papillons du soir s'étaient abrités, les oiseaux, astucieux et sombres, avaient trouvé refuge dans le cactus du jardinet. Une ligne nette séparait le désert du bleu matinal.

— Si vous ne voulez pas en rentrant ce soir retrouver une fournaise, il faut rabattre vos volets.

Elles déroulèrent ensuite, sur le sol, l'immense carte, la fixant aux quatre coins.

— Voici les oasis, dit Élisabeth, qui les cernait d'un coup de crayon. Plus loin, quelques villages. Tout ce jaune, c'est le désert.

On ne voyait que lui.

— Il faut du courage pour fouiller là-dedans. Je ne l'aurais pas eu ce courage, je vous le dis, Lana. Pour personne.

Chapitre V

Tout au bout d'une allée entre deux champs de trèfle, un vieillard, assis, sous les branches recourbées d'un saule :
— Depuis trois ans vous êtes les seuls étrangers qui soyez venus jusqu'ici.

Il secoue sa tête sumontée d'un turban en laine bistre. Seif traduit :
— Nous n'avons vu personne.

....

« Tu m'appelles, Pierre. Non, tu appelles. Tu ne sais plus qui tu es, tu ne sais plus qui tu es, tu ne sais plus ton nom. »

Une journée torride, sans étape, le parcours à dos de chameau, enfin l'oasis de Tawa : le gargouillis de l'eau, l'ombre palmée des arbres. Soudain, tout ce vert dans lequel on pénètre, cette fraîcheur...

Un garçonnet joue à la marelle. Il est seul. Il ne sait pas. Les visiteurs ont été aperçus, et d'autres enfants accourent, se rabattent autour d'eux, les encerclent, riant, se poussant pour mieux les voir. Puis ils entraînent la femme et Seif vers un groupe de fellahs qui travaillent la terre, la retournant avec de larges bêches :

— A part les archéologues, on n'a vu personne.

....

« Je viens vers toi, Pierre. De partout je viens vers toi. »

Un minuscule village, trois vieilles près de la pompe à eau. Lana se tait, tandis que Seif raconte, explique. L'aïeule lève les bras au ciel, pousse des cris stridents pour appeler ses compagnes. En un rien de temps, elles sont là, surgissant de partout, s'attroupant, les bras encombrés de linge, de branchages, les unes portant un enfant sur le dos, les autres une jarre sur la tête. Elles se font répéter toute l'histoire, s'en désolent, se lamentent, se frappent les joues :

— Quel malheur !

138

— Qui cherche-t-elle ?

— Son époux ?

— L'époux de cette femme...

— Tombé du ciel !

— Tu as déjà vu un avion, toi ?

— Une fois, pendant la cueillette du coton.

— Moi, ce jour-là j'accouchais de Hassan.

— Alors ça peut tomber un avion ?

— Ça peut tuer ?

— L'époux n'est pas mort.

— Où est-il ?

— Elles n'ont vu personne, traduit Seif. Si un étranger était venu, elles s'en seraient souvenues.

Bouleversées, elles entourent la femme, la retiennent au moment où elle cherche à partir.

— Allez-vous-en, maintenant laissez-nous, insiste Seif.

Elles ne s'en iront pas, elles accompagneront l'épouse jusqu'au bout. L'une lui prend le bras, une fillette s'accroche à sa manche. Quel malheur ! Elles arrivent à peine à se figurer un avion au sol, ou un avion qui tombe, mais elles savent ce qu'est le malheur. L'une tient le coude de Lana ; l'autre lui entoure les épaules ; la troisième lui offre un bracelet de pierres bleues qui ramènera la chance. De guerre lasse, Seif s'écarte. Devançant le cortège, il se dirige vers la voiture, s'installe au volant. Attend.

139

Soutenue par cette muraille mouvante d'où s'échappent des plaintes, des lamentations qui lui sont destinées, Lana se laisse à présent mener, conduire, porter par cette foule. Assistée, protégée, fondue à leur masse, confondue, étourdie, presque apaisée.

« Presque apaisée », pense Seif en la voyant qui s'avance.

....

« Je rêvais. Par périodes, et souvent du même rêve. Celui-ci par exemple — je ne sais pas, Pierre, si je t'en avais parlé : il me fallait trouver une chambre, c'était urgent, nécessaire, vital. Alors commençait une course folle, à travers un circuit imprévisible. Je dévalais des escaliers, je gravissais des échelles ; les paliers, les étages se succédaient. Je traversais des perrons, je m'engouffrais dans des ascenseurs, j'arpentais des couloirs percés de portes. Des portes, des portes, des portes, que j'ouvrais l'une après l'autre. Je n'avais aucune idée précise concernant cette chambre — ainsi il arrivait parfois que toutes soient numérotées, mais il m'était impossible de me souvenir du chiffre qui devait figurer sur la mienne — je ne savais pas non plus à quoi elle ressemblait de l'intérieur, ni à quel signe je la distinguerais, et pourtant j'étais sûre de la reconnaître. Au seuil de chacune — il s'en présentait souvent d'agréables, d'accueillantes dans lesquelles il m'aurait plu de séjourner — je sentais d'une manière irréfutable que ce n'était pas encore *celle-là*. De nuit en nuit, je n'étais jamais encore parvenue à destination. »

Au village de Rifane, elle montre une photographie qu'on se passe de main en main :
— Personne.
Au bourg de Kafr-el-Dawass, le barbier-apothicaire rassemble la population :
— Non, ils n'ont vu personne.
D'autres oasis. D'autres jours, d'autres semaines. Des tentes de bédouins visitées, revisitées. Des cabanes de roseaux, des baraques, des bicoques. D'autres semaines. La hutte des nomades, l'abri dans le rocher. Visités, revisités.
— Personne.
Sur les routes, ils stoppent à présent les rares camions qui passent :
— Avez-vous aperçu un homme qui cherche sa route ?
— Voici sa photo.
— Personne.
— Un homme égaré ?
— Voilà à quoi il ressemble.
— Personne.
— Quelqu'un d'étranger au village ?

— Il était comme ceci.

— Personne.

— Il répond au nom de Pierre.

— Personne. Personne. Personne.

Personne. Le mot cependant fait son chemin, se modifie. Personne. Non : quelqu'un. Un survivant. Un homme perdu. Un frère. Il cherche à revenir parmi les siens. « Les puissances mauvaises dressent des obstacles entre lui et l'épouse », murmurent les vieilles. Chaque enfant rêve de devenir le héros qui le découvrira, le ramènera. En labourant, en bêchant, les paysans restent aux aguets. La nuit, les femmes s'éveillent au moindre bruit. Les nomades repartent sur d'anciennes pistes, inventent des pistes nouvelles. Les conducteurs ralentissent, observent les bas-côtés de la route, braquent leurs phares dès qu'une ombre leur paraît insolite.

....

« Au fond d'une citerne, ils ont jeté ton nom. Au fond des hommes, j'ai creusé ton nom. Pierre. »

Au bout de six mois, l'ingénieur avait confié à sa femme qu'il ne croyait plus à la possibilité de retrouver le survivant. L'agence venait aussi de lui notifier qu'elle estimait ce dossier clos ;

les familles elles-mêmes commençaient à s'en désintéresser et sans doute Mme Moret finirait-elle par se résigner à son tour. Il avait en outre appris que celle-ci avait été obligée de fermer son studio de photographe et que bientôt, à bout de ressources, elle serait forcée de repartir.

La chambre que Lana occupait dans la maison de l'ingénieur était indépendante du reste de l'habitation ; elle pouvait aller, venir sans déranger ses hôtes.

Parfois, rentrant le soir après une absence de plusieurs jours, il lui arrivait de ne pas rencontrer Robert Rigot déjà endormi, ni Élisabeth. A ces heures-là, celle-ci faisait marcher pick-up ou radio et n'avait d'oreilles que pour cette musique qu'elle choisissait en général tumultueuse, saccadée et dont elle forçait le volume.

D'autres fois, il arrivait que la jeune femme fût à sa fenêtre, guettant le retour de Lana, car ce retour se présentait comme le seul événement qui pût rompre la monotonie de ce lieu perdu. Depuis la grave insolation dont elle avait souffert au début de son séjour, Élisabeth avait renoncé à sortir et passait sa journée derrière ses volets. Le soir, elle attendait que son mari se couche — souvent sa présence l'excédait. « Je ne vis que la nuit », disait-elle.

Élisabeth remontait à présent les marches avec Lana.

— Je ne vous dérange pas ?

Elles pénétraient dans la chambre, elles ouvraient les portes-fenêtres sur la terrasse.

— Qui avez-vous vu ? Où avez-vous passé la semaine, Lana ?

Celle-ci racontait. Élisabeth se demandait comment cette femme retrouvait chaque fois la force de repartir. Ces questions, cette re- cherche ne menaient apparemment à rien ? Comment était faite cette Lana ? Qui était ce Pierre qui la tirait, la poussait sans cesse en avant, hors d'elle-même ? Était-ce vraiment Pierre qu'elle cherchait ? Parfois c'était comme si elle voulait forcer une réponse, comme si elle allait à sa propre découverte.

— Quel âge aviez-vous quand vous l'avez connu ? Vous vous êtes aimés tout de suite ?

— Nous étions jeunes, très jeunes...

De quel Pierre parlait-elle ? Elle ramenait des brassées de souvenirs, confondant les âges de Pierre, les parcourant, traversant ses pro- pres âges, les entrelaçant comme si tout ce passé s'était vécu par instants, par plaques, à rebours, par intervalles, par bonds. Pierre à trente ans, Pierre à vingt ans, alternativement, Pierre étudiant à la veille des examens, travail- lant toute la nuit, son profil éclairé penché sur l'épais dictionnaire. Plus tard, Pierre insatisfait. Pierre soudain enthousiaste. Pierre sur une nouvelle voie, un nouveau départ. Pierre au soleil, dans l'eau. Pierre préoccupé par la proche quarantaine, s'examinant devant un miroir. Pierre rompant le temps. Pierre des échappées. Pierre tendre : « Que ce bonheur dure, c'est tout ce que je demande » ; Pierre des affrontements, des puits, des cataclysmes. Pierre des marées. Lana des marées. Et cet océan sans césure qui vient tout recouvrir.

— L'amour est un océan, dit Lana.

— L'amour est un désert. Un désert, répète Élisabeth.

Tout à l'heure, elle fermera la porte de sa chambre, les souvenirs de ses brèves amours sont des fleurs trop sèches ; elle sera seule.

— Je n'y ai jamais cru, à l'amour.

— Et Robert ?

— Je cherchais une fin. Je voulais le mariage, le sacro-saint mariage. L'idée fixe des filles les plus libres ! Dans une ville, cela aurait pu durer ; mais ici, ce face à face...

— Si vous vouliez, peut-être trouveriez-vous en Robert...

— Il n'y a rien à trouver. Parlons plutôt de vous, interrompit Élisabeth. Dites-moi comment était Pierre ? Était-il grand ? Quelle sorte de voix avait-il ?

Lana le décrivait avec exactitude, chaque trait de son visage lui apparaissait clairement, les premiers temps les détails s'embrouillaient mais à présent tout était net. Elle aurait pu dessiner, toucher sa bouche, ses paupières, la naissance des cheveux, les narines. Pourtant la voix s'était perdue. Elle avait beau se recueillir, fermer les yeux, tendre l'oreille, la voix de Pierre lui échappait. Était-elle profonde, sourde, forte, lente ? Elle ne se rappelait aucune intonation.

— Était-il attentif, amoureux ? continuait Élisabeth.

Un soir, c'était il n'y a pas si longtemps, elle lisait, assise, il s'était mis à ses pieds, il avait embrassé ses genoux, il l'avait lentement déshabillée...

— Amoureux ? redemanda Élisabeth.

— Je crois...

Élisabeth a fermé la porte de sa chambre à double tour pour que Robert ne puisse pas entrer ; songeant à cette femme là-haut, qui repartira encore, elle ne peut se retenir de l'envier.

Les fenêtres sont ouvertes, un ciel sans lune noie la chambre. La jeune femme tourne et se retourne entre ses draps. Elle compte jusqu'à vingt, recommence. Elle respire lentement, elle se concentre sur ses paumes, un exercice

que conseille elle ne sait plus quel hebdoma-
daire. Rien n'y fait.

Enfin, c'est le nom de Pierre qui lui vient à
l'esprit.

« Pierre, Pierre, Pierre, Pierre », répète Élisabeth jusqu'à ce que le sommeil l'emporte.
— Pierre...

Chapitre VI

Accroupi sur la terrasse, une lampe à pétrole posée sur le sol à ses côtés, Seif lit la missive qu'il tient en main. Accoudées au parapet, Lana et Élisabeth l'écoutent.

« Pour celle à la recherche de son époux », dit Seif traduisant lentement.

Ces lettres venues des alentours — le plus souvent dictées à un écrivain public — sont toutes adressées à Mme Moret et s'accumulent ici durant son absence. Le jeune Nubien éprouve du plaisir à les lire tout haut, à leur donner vie, à les traduire ensuite dans une langue qui n'est pas la sienne.

Des nuages de moucherons cernent le globe de la lampe affaiblissant encore la lumière, et Seif a ainsi l'impression qu'il va à la découverte de chaque ligne, qu'il tire de l'ombre un mot après l'autre.

« Hier, à la tombée de la nuit, lit Seif, j'ai aperçu un homme qui rôdait devant la grille de notre jardin. J'étais sûr qu'il sonnerait et que notre servante irait lui ouvrir. Mais, comme s'il changeait d'idée, il s'est éloigné brusquement. J'ai pensé que c'était peut-être lui, le disparu. Ce n'était pas quelqu'un d'ici, j'en suis sûre ; il était grand avec des cheveux clairs. Mon père tient office de juge dans ce bourg que j'habite depuis ma naissance, mais je ne lui parlerai pas de ceci — bien que lui m'ait raconté toute l'histoire de l'accident —, c'est un homme sévère qui pense qu'une jeune fille ne doit pas se montrer aux fenêtres. Vous qui êtes l'épouse, venez. Venez vite et interrogez chacun des habitants. »

« Chère amie, écrivait M. Leroc. J'estime que vous comme moi, nous avons fait tout ce qui était en notre pouvoir pour retrouver nos malheureux disparus, et qu'il nous faut à présent regarder la réalité en face. Je pense que toute recherche est dorénavant inutile. D'ici à un mois, je me verrai dans l'obligation de suspendre tout paiement et d'arrêter les frais que j'avais pris en charge. Je pense que vous me comprendrez et qu'il serait raisonnable que vous y renonciez à votre tour. »

« Je tiens l'épicerie de Senah, lisait Seif. Une fois l'an, à cause de mes affaires, je vais à la ville et cela me fait trois heures de trajet. A mon dernier voyage, quelqu'un est monté devant moi dans le wagon. Il n'avait pas de valise. Il avait la fièvre, ça se voyait. Par gestes il m'a demandé le nom de la prochaine station, l'heure d'arrivée. Plus tard, il a sauté du train en marche pour échapper au contrôleur. S'agit-il de l'homme que vous cherchez ? Il porte une verrue sous l'œil gauche et il boite. »

La lune est trop jeune ce soir pour servir d'éclairage ; les moucherons obscurcissent de plus en plus la lampe, rendant la flamme presque invisible. Seif tire son mouchoir de sa poche, frotte le dessus du globe, le débarrasse de ses cadavres d'insectes. On dirait soudain un minuscule soleil planté sur les dalles.

Plus loin, les silhouettes des deux femmes se découpent avec une grande netteté.

« Je ne sais plus que penser de moi », écrivait Jeanne Zell à Lana dans une de ces autres lettres venues de la ville — sa ville, si lointaine aujourd'hui — et qui lui rappellent sans cesse qu'elle n'est pas ici seulement pour elle. « Huit mois ont passé et je ne retrouve plus mon chagrin. Quel personnage est-ce que je jouais ? Quel personnage est-ce que je joue à présent ? A quel moment étais-je moi-même ? J'aurais préféré qu'il en soit autrement, continuer de souffrir, et que cet amour pour lequel j'aurais tout sacrifié (oui, c'est le mot, Lana, bien qu'il me paraisse grandiloquent, impudique), du moins en moi continue de resplendir. Je n'éprouve, depuis quelque temps, qu'indifférence, et vous l'avouerai-je, je me sens comme délivrée. N'étais-je liée à Serge que par la terreur de le perdre ? »

« A celle venue de loin... »

Au bout d'une longue phrase, Seif redresse parfois la tête, prend sa respiration, fixe une étoile, laisse couler un peu de temps, se délecte d'un souffle de brise. Puis apercevant de nouveau la femme de l'ingénieur — jamais elle ne lui a paru aussi belle que ce soir — il la regarde longuement. D'ordinaire, on dirait qu'elle porte un masque ; elle n'a de vivant que cette broche épinglée à son corsage — cet œil vert turquoise, largement échancré — qui vous fixe sans cesse. « Qui me fixe en cette minute », pense Seif. Mais ce soir, c'est différent, et Seif continue de regarder cette femme comme jamais il ne s'était permis de la regarder. Pourquoi a-t-elle ce ton si cassant quand elle parle à l'ingénieur ? Quand elle s'adresse à lui, sa voix est toujours sur le point de se briser. Pourtant cet homme est bon. Seif le sait ; il a longtemps vécu auprès de lui, bien avant l'arrivée d'Élisabeth. Seif aime la bonté, la bonté ne court pas le monde, il le dirait à cette femme s'il pouvait. Souvent Seif lui en veut d'être ainsi, renfermée, nerveuse. Souvent, mais pas ce soir. Ce soir, elle est là, elle l'écoute. Ce soir, elle est belle. Très belle. Belle au point qu'à présent Seif ne tourne plus son visage vers les étoiles mais vers elle, chaque fois qu'il lui arrive de faire une pause entre une missive et la suivante.

« A celle venue de loin », répète-t-il.

— Oui, dit Lana.

« Nous : Zeinab, Fatma, Karima, Hamida, Aïcha, Sayyeda. Toutes six, du village de Kernes, nous dictons à l'écrivain public ceci : nous étions ensemble, hier, sur la berge du fleuve criant au barquier Abou Fattal d'approcher. Mais celui-ci a poursuivi sa route, comme si nous n'existions pas. Pourtant l'homme était là — nous l'avons vu, assis à l'avant de la barque —, cet homme, dont on parle, le survivant, l'époux. Il portait une barbe de plusieurs jours, il était blond comme le miel, il regardait au loin... »

La large enveloppe brune ne contenait pas de lettres, seulement deux photographies. Lana les avait longuement regardées, avant de les placer entre les feuillets d'un livre.

Sur la première, elle avait reconnu Jean Rioux, adossé à sa falaise de craie, son beau visage comme taillé dans le sel. Sur l'autre, Francine, les cheveux coupés court, riait aux éclats ; un gros poisson, qui venait sans doute de lui glisser des mains, frétillait à ses pieds.

Au revers de chaque cliché, le jeune Marc avait signé son nom.

« Depuis deux nuits », reprenait Seif, et regardant Élisabeth sa voix s'infléchissait, « j'entends des pas dans la ruelle. Avec nos lampes, nous nous précipitons dehors, ma mère et moi. C'est toujours trop tard, l'homme a déjà disparu... »

« Un inconnu a longé la rive du petit canal. Une ombre s'est approchée de l'eucalyptus... »

« J'ai vu un tronc d'homme roulé par le fleuve... »

Seif hésite.

— Continuez, dit Lana

« L'homme a été assassiné, dépecé, je vous le dis. Les poissons se partagent ses membres... »

— Ce sont des gens simples, madame Moret, dit Seif. Il ne faut pas faire attention.

« Chère Lana. A présent, j'en ai la certitude, le survivant c'est Lucien. Comment peut-il en être autrement ? Réfléchissez. Qui d'autre aurait pris le risque de s'éloigner de l'épave ? Qui d'autre se serait enfoncé aussi inconsidérément dans le désert ? Qui, au cas où on l'aurait retrouvé, se serait tu durant si longtemps ?

« Voici comment les choses se sont probablement passées. L'enfant avançait dans les sables lorsque des nomades l'ont aperçu. Ne voyant rien autour, ils l'ont sans doute pris pour un habitant d'une autre planète, un messager d'on ne sait où. Je me suis laissé dire que dans ces régions-là, ceux que nous considérons ici comme des arriérés sont traités avec respect et qu'on les imagine en communication avec l'ange ; que les mains que nous jugeons inutiles parce qu'elles ne savent ni saisir ni retenir, là-bas on les croit bénies. Lux. Lucis. Lucien. Lumière. Quel nom prédestiné ! L'enfant a sans doute été recueilli par ces hommes que n'effarouche pas le mystère ; peut-être aussi a-t-il été accepté tel qu'il mérite de l'être,

155

c'est-à-dire comme l'envoyé d'un monde qui dépasse notre raison.

« Oui, Lana, de plus en plus souvent il m'arrive d'être persuadée que l'enfant est enfin heureux. Alors je renonce même au désir de le revoir... »

Contemplant une fois de plus Élisabeth, Seif découvre qu'elle a des yeux couleur de prune, qu'une fois dénoués ses cheveux touchent ses épaules.

« L'époux ne sait plus où il va, lit Seif. La nuit, il danse sur nos champs de trèfle. Il chante plus tristement que la lune, il cache son visage entre ses bras... »

Et Lana, l'écoutant, se sent à la fois au centre et au bord de ces images, envahie par le bruissement confus et riche de cette terre d'Orient, et pourtant un peu à l'écart. Éloignée, et cependant témoin.

« L'exilé ne parle plus que la langue des ibis, poursuit Seif. Il ne supporte que ce qui a des ailes. Il nous fuira toujours... »

Regardant encore Élisabeth, qui caresse sa chevelure d'un lent mouvement de la main, Seif se souvient que cette femme appartient à un autre et qu'il doit chasser, enterrer toutes les pensées de ce soir.

« Le banian de notre village craque au crépuscule. Tous se moquent de moi quand je leur dis. Pourtant, c'est la vérité. Que la femme vienne et qu'elle apporte avec elle une échelle (la plus longue qu'elle puisse trouver). Nous grimperons à l'arbre, elle et moi. Là, entre les branches, nous surprendrons l'époux. »

Seif détache chaque mot, laisse glisser un peu de temps entre une phrase et la prochaine, tandis que Lana, les yeux mi-clos, se laisse emporter par toutes ces paroles, par toutes ces voix. « Quel indice, quel espoir pense-t-elle trouver là-dedans ? » se demande Élisabeth.

« L'oiseau de fer a éclaté, conclut Seif. L'époux s'est brisé sur les sables. Son corps s'est dispersé à tous les vents. Des siècles d'épouses ne suffiront pas à le rassembler... »

« Des siècles d'épouses », murmure Seif, et les paupières abaissées, se laissant aller au rythme des mots — chassant d'une main distraite la nuée des moucherons qui auréole, obscurcit de nouveau la lampe —, il se balance doucement, d'avant en arrière, d'arrière en avant...

« Des siècles d'épouses... », redit-il en remuant à peine les lèvres.

Une autre carte de la région, celle que François Klein lui avait expédiée, restait toujours ouverte sur la table de Lana. Lui-même en possédait le double. « Je les ai trouvées chez un bouquiniste sur les quais, écrivait-il. Ainsi je peux suivre et noter sur ma propre feuille tous vos déplacements. » Parfois, c'était lui qui suggérait d'autres itinéraires ; sa correspondance était la plus régulière, la plus fournie de toutes.

Pourtant, depuis quelques semaines, il ne répondait plus aux lettres et Lana s'inquiétait. Enfin, elle reçut un mot bref de Mme Klein l'informant que le vieil homme était à l'hôpital. Bien qu'elle écrivît encore de nombreuses fois pour demander de ses nouvelles, il n'y eut plus jamais de réponse.

Mais Lana croyait-elle encore à ce survivant ?

Cela variait avec les jours. Il y avait des matins où les jambes étaient de plomb, la poitrine sanglée dans une cuirasse. Il y en avait d'autres où ce même corps, plus vif que la pensée, s'élançait hors du lit, l'entraînait loin des murs, vers une autre route sur laquelle il suffirait d'avancer pour forcer la découverte.

Ces derniers temps cependant, les heures s'empilaient. Jaunies, usées par des centaines de jeux de patience, on aurait dit des cartes dont on aurait épuisé toutes les combinaisons et qui ne pourraient plus réserver de surprise. Un sentiment de malaise l'engluait sur place. A ces moments-là, elle se demandait comment échapper à ce désert. Ce silence, cette solitude qu'elle avait parfois souhaités lui paraissaient alors au-dessus de ses forces. Elle guettait le retour de Rigot, les pas d'Élisabeth ; elle brûlait d'entendre leurs voix, les conseils de l'un, les questions souvent importunes de l'autre. Si cela eût été en son pouvoir, elle aurait fait que sa chambre éclate et soit subitement envahie par Jeanne, par Lydia, par Marc, par tous ceux qui lui avaient écrit. Oui, qu'ils parlent, parlent, parlent... Que leurs voix se confondent avec sa propre voix, que leurs vies se mêlent à la sienne. Tout paraissait préférable à ces plongées, à ces moments souterrains qui amenuisaient, dissipaient, effilochaient l'image de Pierre, le retranchaient des autres, de l'existence, le retranchaient d'elle.

Chapitre VII

Ce soir, Élisabeth verrouille la porte de sa chambre, s'assoit sur le fauteuil d'osier, face au grand miroir ovale de la coiffeuse.

Le clair de lune se glisse entre les lamelles des volets, tapisse le mur de gauche d'écailles lumineuses.

Élisabeth croise ses jambes, s'adosse — l'osier crisse —, décachette, puis déplie la lettre. C'est Lana qui l'a priée de lire, durant son absence, celles qui étaient rédigées en français et de la prévenir si c'était utile.

Lentement, la jeune femme parcourt les lignes :

« Je suis maltaise et couturière, j'habite Manhour, la ville la plus proche de l'endroit où l'avion est tombé. A l'époque, j'ai suivi de près toute l'histoire. J'ai appris votre arrivée, madame Moret, j'ai beaucoup cherché avant de trouver votre adresse. Alors voilà ce que j'ai à vous dire : depuis quelques mois, un homme s'est installé chez ma voisine, une femme aux mœurs légères dont je connaissais de vue tous les amants. Ils défilaient l'un après l'autre et cela ne faisait jamais d'histoires. Puis, celui dont je vous parle est arrivé, et tout a changé depuis. Cette débauchée qui menait ses affaires, sans honte, en plein jour, se cache avec l'inconnu, ferme sa porte à tous les autres. Ça n'a pas été sans complications. J'ai fini par apercevoir l'homme. Il a une balafre au front, un bras bandé. Venez vite avant que cette femme ne le détourne complètement. Moi aussi, dans le temps, on m'a enlevé un fiancé. Le monde est plein de créatures perverses... »

Élisabeth déchire cette lettre comme Lana l'aurait fait. Elle se lève, va vers la coiffeuse, allume le globe qui la surplombe. Debout devant le miroir, elle défait son chignon ; sa chevelure, qu'elle rejette d'un mouvement de la nuque, recouvre ses épaules, elle glisse ses doigts écartés dans la masse. Puis, tirant à elle le couvre-lit bariolé, elle s'enveloppe les hanches, et se promène ensuite dans la chambre sans perdre de vue son image : « Je m'étais oubliée... »

Maintenant, elle s'approche de la glace. Elle ne voit plus que son buste, plus que son visage

162

qui, à chaque pas, s'agrandit. « Je suis jeune, jeune. » Elle cherche des rides, il n'y en a pas ; elle applique sa joue contre la surface polie et fraîche, son souffle forme une buée qui adoucit et teinte sa peau. « Jeune, mais pour qui ? Mais pour quoi ? »

Des amants, un mari. Des aventures, une fin. Où est l'amour dans tout cela ? Avant l'arrivée de Lana, elle n'y pensait plus. Avant l'arrivée de Lana et de Pierre. Oui, Pierre. On n'entend que ce nom par ici. Le passé revient, cerne, vous arrache à une sorte de sommeil. Trop hâtives, trop nombreuses, ces amours. Un vertige, l'illusion d'un vertige. Et Élisabeth trop jeune ou mal éveillée pour éprouver la saveur de l'instant, simplement la saveur de l'instant. A présent, comme si l'approche de la trentaine, comme si cette longue attente l'avait transformée, elle se découvrait prête pour des rencontres sans lendemain, pour cette fulgu-rance-là, pour tout ce qui la tirerait de cette grisaille. « Un soir, quelqu'un viendra et ce sera différent, je l'aurai si longtemps at-tendu... » Un soir. Quel soir ?

Robert sera loin sur les routes. Lana partie pour plusieurs jours. Un homme sonnera à la porte. Il n'y aura qu'Élisabeth à la maison pour lui ouvrir.

« Pierre. » Ce sera Pierre, et Lana sera loin, ailleurs. Pauvre Lana. « Je l'aime bien pourtant. » Étrange Lana. N'invente-t-elle pas son amour ? Quel amour résiste aux années, à l'absence ? Aux années surtout ? Pourtant avec elle rien ne paraît impossible. « Elle découvrirait une source dans un bloc de ciment que ça ne m'étonnerait pas. »

Il y a une semaine, entrant dans la chambre de Lana, Élisabeth a découvert la photo entre les pages d'un livre. Un homme adossé à une falaise blanche : « Pierre ! » Un sourire tendre, des yeux clairs ; oui, tel qu'elle l'avait imaginé. « Suis-je amoureuse d'une ombre ? »

Plus tard, elle s'était allongée sur la terrasse. Le menton dans les mains, le cliché serré entre les coudes, elle avait longuement dévisagé l'absent. Du bout de ses doigts, elle avait caressé son front, le bord de ses cheveux ; ôtant ensuite du revers de sa main le rouge sur sa bouche, elle avait posé plusieurs fois les lèvres sur la photographie.

Peu après, replaçant l'image dans le livre, elle n'avait pas remarqué au revers la signature de Marc Rioux.

Élisabeth s'enferme de plus en plus fréquemment dans sa chambre. Ce soir, surtout.

Ce soir, Pierre est venu.

Le pick-up est au maximum de son volume.

164

Une bouteille à moitié vide est posée sur la table basse au pied du lit. Sa joue contre la joue mal rasée de Pierre, Élisabeth danse, titube. Les notes du pianiste noir se détachent une à une.

Pour la troisième fois, Seif frappe à la porte :
— Le dîner est prêt, madame Rigot.
— Je n'ai pas faim, que monsieur dîne sans moi.

Pas de lampe, ce soir ; des bribes de lune suffisent à éclairer la pièce.
— Je ne descendrai pas, qu'on ne m'attende pas, Seif.

Pierre et Élisabeth dansent. Qu'on les laisse l'un à l'autre. Le miroir lui renvoie l'image d'un couple, là-bas, au bout de la chambre, qui tourne, enlacé.

Élisabeth danse, ploie dans les bras de Pierre. Le sol est léger ; au plafond, d'immenses brèches s'ouvrent sur un ciel marine. L'armoire, le fauteuil d'osier, la table basse, la bouteille flottent et se dispersent. « Il n'y a plus que toi et moi, Pierre. » Ici, et en même temps au fond du miroir ovale. « Toi et moi. »

Venant de la salle à manger, Rigot remonte l'escalier, s'arrête devant la chambre de sa femme, hésite, prête l'oreille. N'entendant que cette assourdissante musique, il frappe, une, deux, trois fois, de plus en plus gauchement :

— Tu ne veux pas descendre, Élisabeth ?
Mme Moret vient d'arriver.

— Non. Laisse-moi. Qu'on me laisse ! Je t'en supplie.

— Bien. C'est comme tu veux, Élisabeth.

Rigot redescend. Il ne sait pas s'y prendre avec elle, il le sent bien : « Je n'ai jamais su. »

Sa tête sur l'épaule de Pierre, Élisabeth tourne et danse. Il n'y a plus qu'eux au monde. Eux, ici. Eux, dans le miroir. Ils ne sont plus que deux au monde. Plus que deux. Plus qu'un. Un. Mais voilà que soudain ils se séparent, ils se doublent, se dédoublent, et se dédoublent encore. Ils sont deux, ils sont dix, trente, cent... La glace va voler en éclats. Puis de nouveau ils redeviennent deux. Ils sont un. Un.

Élisabeth s'est laissé tomber sur le lit. Sous son poids la moustiquaire s'est décrochée de sa corniche, on dirait un parterre de mousse.

— J'étais plus seule que seule, Pierre.

— Élisabeth, ton corps de jeune fantôme sous tes robes flottantes, jamais je n'aurais supposé...

— Tu es revenu pour moi, Pierre.

L'aiguille du pick-up va toucher le bord du disque. Soudain, c'est le déclic et tous les bruits du dehors assiègent, envahissent la chambre. L'appareil tourne à vide. A l'extérieur, Seif ferme les volets, une porte grince, Robert et Lana se parlent dans l'entrée.

Peu après, quelqu'un remonte les marches, s'éloigne. Puis, Lana revient de nouveau sur ses pas :
— Vous n'êtes pas malade, Élisabeth ? Vous n'avez besoin de rien ?

La jeune femme ne répond pas. C'est exaspérant ce soir, la présence de Lana, sa façon de gravir l'escalier, d'ouvrir, de refermer la porte de sa chambre. « Mais que puis-je, Lana, si c'est moi que Pierre a choisie ? » Dès qu'il a aperçu Élisabeth, il est allé vers elle.
« Qu'est-ce que je peux y faire ? » C'est insupportable l'idée de cette femme là-haut qui cherche, qui aime, qui patiente. Sur quelle route s'obstinait-elle tandis que Pierre était ici ? Pourquoi l'imagine-t-elle sans cesse ailleurs, lorsque Pierre est fait de chair et de sang ? Elle n'avait qu'à être là ! « Je n'y peux rien, Lana ! »

Élisabeth s'enroule dans son rêve. Elle enfouit son visage dans les plis rugueux de la moustiquaire et garde les yeux fermés.

Une tenace odeur d'insecticide imprègne le tissu.

— Descendez, descendez vite, madame Moret !

Robert Rigot, le visage livide, les yeux énormes, se tenait, le lendemain soir, devant la chambre d'Élisabeth.

— Regardez !

— La moustiquaire affaissée s'emmêlait aux draps, des disques jonchaient le sol. Le miroir ovale de la coiffeuse avait reçu un choc, et les morceaux du verre cassé gisaient par terre dans le liquide répandu.

— Je n'aurais pas dû la laisser seule aujourd'hui, je n'aurais pas dû. Hier soir, sa voix paraissait étrange...

Rigot s'affala sur le fauteuil. De temps à autre, comme s'il ne pouvait encore y croire, il jetait un coup d'œil sur la lettre d'Élisabeth qu'il tenait dans sa main. Pour la quatrième fois, il se remit à lire tout haut.

« Je retourne d'où je viens. Pardonne-moi, Robert, si tu le peux, mais je ne suis faite ni pour toi ni pour le désert. Ne cherche surtout pas à me retrouver. »

Plus tard, Seif vint confirmer qu'une des deux voitures avait disparu du garage. Au début de la matinée, un ouvrier avait vu Mme Rigot s'éloigner rapidement au volant de la décapotable.

— Préviens le chef de chantier que demain je serai absent toute la journée, dit l'ingénieur.

Il fouilla au fond de sa poche, retrouva la lettre qu'il froissa dans un geste de rage qu'il regretta aussitôt.

— Demain, nous irons ensemble avec la jeep, reprit-il s'adressant à Seif, et nous ramènerons la voiture de la gare.

Chapitre VIII

Le chemin de fer déboucha dans une campagne rosie par les premiers aiguillons de l'aube. Lana descendit du train, chercha le jeune garçon qui devait la piloter. Sur le quai, il n'y avait qu'un vieillard, assis par terre, et qui dormait la tête sur les genoux.

Dans la salle d'attente, elle s'installa sur la banquette face à l'immense embrasure qui donnait sur les champs. A l'intérieur, les murs étaient cloqués, brunâtres ; du plafond pendait un long fil électrique — enrobé, comme la douille, d'une poussière compacte — sans ampoule au bout. Aux quatre coins de la pièce, de grosses et patientes araignées raccommodaient leurs toiles.

Dehors, le jour retraçait, réinventait le paysage. A gauche, un arbre renaissait à la vie.

Plus loin, des buissons s'éclairaient. L'herbe partout retrouvait sa couleur.

Enveloppées d'amples robes noires, portant sur la tête des balluchons ou des cages remplies de poussins et de cailles, parlant haut avec des éclats de voix, un groupe de femmes avançait vers la gare. Apercevant l'étrangère, elles baissèrent le ton, traversèrent hâtivement la salle pour aller s'accroupir près de la voie ferrée.

L'enfant apparut bientôt.

Courant le long d'une mince allée bordée de cannes à sucre, piquant droit sur la station, il était tel que l'ingénieur l'avait décrit, vêtu d'une culotte courte, d'un tricot rouge vif, chaussé de semelles retenues aux chevilles par des cordelettes, les cheveux châtains ondulés, les yeux verts. Sans hésiter, il se campa devant Lana, et la déchargeant de son fourre-tout, il l'engagea à le suivre.

— C'est loin ?

— Après le village.

Tout en marchant, il était parvenu à décrocher la longue chaîne qui servait de courroie au sac et s'amusait à la lancer en l'air, puis à la rattraper. De temps à autre, il se retournait pour s'assurer que la femme lui emboîtait le pas :

— M. Mansour attend. Il est devant l'école. Je vous conduis chez M. Mansour.

172

Comme s'il les avait apprises par cœur et que les mots lui demandaient un effort de concentration, il reprenait souffle après chaque phrase.

— C'est lui qui t'a appris le français ?

— C'est lui. On l'appelle El Sayed Mansour, le maître. Il sait beaucoup. Plus que les autres.

Le village — aggloméré, humble, ses toits rasant le sol — se découvrait entre les troncs dispersés des hauts palmiers dont les branches touchaient le ciel. Bientôt, ils longèrent ensemble un caniveau de la largeur de deux paumes qui paraissait fraîchement creusé. La poussière du chemin, d'abord fine, volatile, poudreuse, s'appesantissait, noircissait, adhérait aux semelles. L'enfant se baissa, trempa une main dans l'eau jaunâtre, s'en aspergea la face :

— On a l'eau et une pompe depuis dix jours !

« Ce lieu, ce village, le prix de l'eau, j'étais loin, si loin de tout ça », pensa-t-elle.

— Je peux ? demanda l'enfant.

D'un geste il lui montra le jeu qu'il venait d'inventer.

— Oui.

Il plongea alors la chaîne du sac dans la rigole, racla le fond, remua l'eau ; des bulles se formaient tout autour. Puis il la retira, ruisselante, ravivée, ses anneaux éclatants comme l'or.

— Elle est pour toi, je te la donne, dit Lana.

— Mon nom c'est Zaki. Tu m'appelles maintenant Zaki, reprit l'enfant comme s'il lui offrait un présent en retour.

— Merci, Zaki.

Le chemin bordait à présent le village. Bâti en cercle, ses portes ouvrant vers le dedans, celui-ci n'offrait à la vue que des murs aveugles et terreux.

— C'est là que tu habites ?

— C'est là.

Le sentier se fourvoya entre des palmiers nains, disgracieux, comme engrossés, et des cactus si proches les uns des autres qu'ils semblaient s'entre-dévorer.

Au loin un homme venait à leur rencontre.

— C'est lui ! s'écria l'enfant.

— Madame Moret ?

— Oui. Je voudrais vous dire combien...

— Ne me remerciez pas encore.

Zaki remit le grand sac à Lana, tourna les talons et, faisant des moulinets avec la chaîne, s'engouffra dans une ruelle.

— L'école est encore loin. Il faut marcher un quart d'heure.

— Comment est cet homme ?

— Patience, madame Moret. Vous le verrez, vous le verrez...

— Depuis quand est-il ici ?

— Dix jours.

— Qu'est-ce qu'il a fait durant toute cette année ? Où se cachait-il ? De quelle façon a-t-il vécu ?

— Je ne sais pas. Je ne sais pas si c'est M. Moret. C'est un Européen, c'est tout ce que je sais. Plus tard, si c'est votre mari, il vous dira...

— Si c'est lui, il n'y aura plus besoin de questions.

— Je savais que vous étiez dans le pays depuis longtemps, madame Moret. Quand j'ai appris que vous partiez, vite j'ai écrit à M. Rigot — je le connais bien, il a beaucoup fait pour moi, pour notre école. Je lui ai parlé de cet homme. Je disais : il y a une chance que ce soit le mari de cette personne, il faut qu'elle vienne voir. Rigot est d'accord avec moi puisque vous êtes venue.

— Racontez-moi son arrivée...

— Une nuit, on frappe à ma porte. Un homme blond, grand ; il parle français. Je connais ma langue, un peu le français et c'est tout. Il voulait rester au village ; m'aider pour l'école, pour l'atelier. Quand j'ai dit : « Qui êtes-vous ? » Il a répondu : « Appelez-moi Charles... » J'ai mal entendu l'autre nom. Je lui ai demandé de répéter. Il m'a regardé, il a levé les épaules. « Ça n'a pas d'importance. » J'ai com-

175

pris que je ne devais pas insister. Il avait la figure fatiguée, la nuit était froide, je ne pouvais pas le laisser dehors. Il couche à côté de l'atelier, sa chambre a une seule fenêtre au plafond. Comment appelle-t-on ça, madame Moret ?

— Une lucarne.

— Oui, une lucarne. Nous allons monter sur la terrasse, et vous, vous allez regarder par la lucarne. Vous pourrez le voir. Peut-être que l'accident a chassé sa mémoire et qu'il vous attend pour trouver le passé. Mais si ce n'est pas lui, vous serez courageuse n'est-ce pas ?

Elle fit oui de la tête.

— M. Rigot m'a dit que je peux avoir confiance en vous. Il faudra repartir tranquillement sans qu'il vous entende, sans qu'il vous voie, n'est-ce pas ?

— Oui.

La bâtisse apparaissait dans le lointain. De construction rudimentaire, elle était entièrement blanchie à la chaux.

— Il y a longtemps que vous habitez ce village ?

— Je suis né au Caire. Il y a six ans, je suis venu ici et je ne suis plus reparti. J'ai une école et un atelier avec un grand four. Après la leçon, j'apprends aux enfants à faire des poteries, des statuettes. Ils aiment ce travail, ça leur enseigne à faire mieux, toujours mieux.

176

Sa voix s'articula, on aurait dit qu'il cherchait le ton, le mot juste pour exprimer ce qu'il jugeait important, capital.

— Toujours mieux. Ne pas se satisfaire, ne pas se résigner... Ça c'est le commencement de tout, madame Moret. Le commencement... Le réveil. Ici, partout, les yeux s'ouvrent, et c'est une chose très grande. Très grande...

La bâtisse était de plus en plus proche. Pour l'atteindre au plus vite, il suffirait de courir ; se ruer ensuite sur la porte, en forcer la poignée, pénétrer. Une fois dedans, Lana trouverait facilement l'entrée de la chambre. Les serrures céderaient : « Pierre ! »

— Attendez, madame Moret.

D'une main ferme, il la retint :

— J'ai dit aux enfants que vous veniez examiner leurs travaux. Il ne faut pas qu'ils devinent...

Elle ralentit sa marche ; et peu à peu, se laissa gagner par la tranquillité du paysage tout autour.

Plus tard, elle retrouverait au fond d'elle-même cette plaine horizontale que rien ne vient heurter, ces arbres fragiles, ce fleuve d'éternité, cette bienveillance, cette gentillesse des habitants. Elle emporterait avec elle, dans son pays, dans sa ville, le souvenir de tout cela. « Cette bienveillance, cette gentillesse », se redit-elle. Une pudeur, ou était-ce une sorte

177

d'ignorance, vous détournait, dans son pays, de ces mots. On s'en gaussait toujours un peu, de peur d'être dupe ; il ne fallait surtout pas être dupe ! Pourtant lorsque les murs perdent leurs pierres, que les défenses craquent, lorsque quelque chose en soi se fait herbe, se fait eau, il semble que la vie est plus présente, plus palpable.

— J'aime ceux qui vivent sur ces terres, continua Mansour comme s'il devinait sa pensée. Ils possèdent « un cœur aimant où toutes les paroles sont encloses ». J'ai lu cette phrase dans un très ancien texte de notre pays. Connaissez-vous le conte du naufragé ?

— Non.

Il lui tenait encore le bras — ça le gênait, car il n'était pas assez vieux pour se permettre ce geste familier, il continua cependant de le faire, sentant qu'à cette minute cela devait passer avant toute autre considération. La maison était à une très petite distance ; il n'aurait sans doute pas le temps d'aller jusqu'au bout de son histoire :

— Un homme sombre en mer avec tous ses biens, commença-t-il. Il nage jusqu'à une île. Il a peur, il est seul, il a tout perdu. Cependant il entre dans l'île, il avance, il met un pied devant l'autre, un pied devant l'autre... Petit à petit il découvre qu'il n'est pas seul, qu'on n'est ja-

mais seul, quand on a « son cœur pour compagnon »...

Lana ne l'écoutait plus. Un portillon en bois
défendait l'accès de l'escalier extérieur qui,
longeant la façade, conduisait vers la terrasse.
El Sayed Mansour tourna la clef dans le cade-
nas.

Ensuite, refermant la portière derrière eux,
il précéda la femme sur les marches.

Une perle bleue — de celles que les fillettes
enfilent sur une ficelle ou sur une épingle
double pour en faire un collier, ou une broche
— avait glissé dans une des rainures de l'escalier. Lana la ramassa, la tendit à son compagnon.

— Gardez-la, c'est un porte-bonheur, murmura-t-il.

Elle ne croyait guère aux talismans, mais
elle conserva la perle, la faisant rouler entre le
pouce et l'index.

La lucarne, entourée d'une sorte de tablette
en béton, formait une saillie dans un coin de la
terrasse. Mansour lui fit signe de s'agenouiller
à côté, puis de se pencher avec précaution,
pour regarder la chambre en dessous. Il s'éloigna en reculant sur la pointe des pieds, un
doigt sur la bouche pour l'inciter à la prudence.

Elle serrait si fort la pierre bleue entre ses doigts, qu'il lui sembla que celle-ci traversait sa chair, devenait sa chair. Un froid intense se plaquait entre ses épaules, des tremblements l'agitèrent, elle eut l'impression qu'elle perdait le contrôle de ses membres, que ses gestes se désorganisaient. « Si c'était toi... » Si c'était Pierre, aurait-elle la force d'attendre ? Elle briserait sans doute la vitre, elle pénétrerait par effraction, à bout, à bout de toute cette patience... Tandis qu'il faudrait, sans doute, lentement, graduellement retisser, fil à fil, la trame de cette mémoire perdue. Lentement. Interminablement. Elle qui n'était pas faite pour temporiser... « Si c'était toi, tu me reconnaîtrais, tout de suite. » Les voiles se déchireraient, la lumière les submergerait... La perle vient de lui échapper ; Lana la cherche sur le sol ; la retrouve, la retient dans le creux de sa main.

On ne voit rien à travers ce carreau. Avec son mouchoir, Lana essuie la poussière, dégage un morceau de vitre. En dessous tout se confond ; on dirait une minuscule plate-forme au fond d'une citerne.

Finalement, une zone claire émerge de cette grisaille. Elle distingue à présent une chemise blanche. Un homme est endormi, le buste affalé sur une table, les bras croisés sous la tête, comme si le sommeil l'avait brusquement surpris. De si haut, le blanc de la chemise forme une tache en éventail de plus en plus nette, mais qui ne révèle rien ; on discerne seulement que l'homme a de larges épaules, comme Pierre.

Lana se baisse, scrute la chambre, s'efforce de découvrir un objet, un vêtement qu'elle pourrait reconnaître. Mais elle n'aperçoit qu'un matelas à terre, un panier à provisions dans un coin.

Autour de la bâtisse, la campagne s'éveille, s'ébranle.

Un troupeau d'oies caquetantes, menées par une fillette borgne, passe à proximité ; on entend le sifflement de son long bâton flexible tandis qu'elle cingle, plusieurs fois de suite, l'air et le bas des murs.

Des chiens aboient à l'écart. Un âne commence et n'en finit pas de braire. Plus près, les roues d'une charrette grincent. Des voix enfantines appellent. Quelqu'un secoue le portillon :
— El Sayed Mansour !... El Sayed...

Penché au-dessus du parapet, celui-ci répète :
— Plus tard. Revenez plus tard, je vous ouvrirai...

Tout en bas, l'homme continue de dormir. On devine sa lente, paisible respiration. Combien de temps cela va-t-il durer ?

Lana a mal dans les genoux, mal dans le cou, dans la tête. Entrouvrant la main, elle aspire la pierre bleue, la roule dans sa langue, la fait crisser entre ses dents, puis, la rejette de nouveau.

Un soleil vorace engloutit la terrasse, décuple l'éclat des murs.

Combien de temps encore ? Combien de temps... Une poignée de sable, du gravier, de la pluie, que quelque chose s'abatte sur cette vitre !

Enfin, l'homme remue.

Peu à peu, il se redresse, pose ses mains à plat sur le battant de la table, se soulève avec lenteur, comme s'il était engourdi.

Maintenant, il est debout.

Elle voit le dos. Sa haute stature emplit la pièce.

Lana se penche en avant, se penche trop. Ses coudes glissent du support en béton, frôlent, patinent, frottent contre la vitre. La perle bleue lui glisse des doigts, roule, rebondit sur les carreaux ; un bruit faible, sec, mais qui n'en finit pas.

L'homme a sursauté. Puis d'un seul coup, il s'est retourné, face à la lucarne.

La lumière l'aveugle. Brusquement, il hausse les deux bras à la fois pour protéger ses yeux.

Lana se rejette en arrière.

Chapitre IX

Lana fuit droit devant elle. Loin, le plus loin possible de la bâtisse ; El Sayed Mansour n'a pas pu la retenir. Il l'a vue se précipiter dans le premier sentier venu, courir ; puis disparaître.

Lana hésite devant une fourche, fonce à gauche, aboutit dans une impasse, retourne sur ses pas. Il faut s'éloigner au plus vite, effacer, oublier. Oui cette fois elle y avait vraiment cru, cette fois elle allait toucher au but, elle y comptait vraiment...

Courir, courir d'une route à l'autre. Ne plus penser à rien. Courir.

Elle va, va, va, s'égare dans un champ de maïs, se perd dans un verger, s'embourbe dans une ornière, franchit une passerelle, retrouve une allée. Plate, si plate la terre d'ici. Plane et sans limite. Comme l'éternité. N'y aura-t-il jamais d'issue ? Jamais de fin ? Jamais de mort ? Qui voulait supprimer la mort ? Qui voulait que la vie s'allonge, s'allonge ?...

Un troupeau de moutons bloque le long sentier poudreux — celui qui s'écarte du village —, retarde Lana dans sa course. Elle s'arrête, indécise, puis brusquement fait demi-tour. Mais des enfants accourus de partout lui coupent la retraite, une masse d'yeux — immenses, noirs, éclatants, étonnés — la dévisagent. Elle se retourne de nouveau, s'enfonce cette fois au milieu du troupeau, ses jambes se frottant aux toisons, elle se fraie un passage, soutenue, repoussée, ballottée par le mouvement des bêtes.

Ahuri, le vieux berger se gratte la barbe, puis avec son bâtonnet il s'emploie à lui ouvrir un chemin.

— Écartez-vous, mes agneaux, mes jolis. Bêlez, bêlez tant que vous voudrez, mais écartez-vous.

Lana est seule devant la petite gare. Le prochain train ne partira que dans une heure.

Elle entre dans la salle d'attente, prend place sur la banquette. Les mêmes murs lépreux, le même fil électrique enveloppé de suie, la même absence de lampe, les mêmes patientes araignées...

— C'était vous ?

L'homme avait longtemps hésité devant la gare, mais quelques instants après, il se campait dans l'embrasure de la porte examinant la femme assise au fond de la salle. Il s'était ensuite, lentement, approché. Elle continuait de tenir la tête baissée, et s'était mise à fouiller dans son sac comme pour y chercher quelque chose. A mesure qu'il avançait, elle entendait le crissement de ses semelles broyant au passage les graines de melon et de pastèque qui jonchaient une partie du sol. Puis elle vit le bas de ses jambes, ses chaussures venant droit sur elle. Ses genoux allaient bientôt toucher les siens.

— C'était vous ?

Sans se redresser, elle dit :

— Oui. C'est une erreur, excusez-moi.

— Que me vouliez-vous ? Qui vous a envoyée ?

Elle remarqua son accent assez lourd.

— Rien. Personne. Je vous dis que c'était une erreur.

Elle chercha à se lever, à s'éloigner, mais il la força à se rasseoir, pesant des deux mains sur ses épaules.

— Vous n'allez pas vous en tirer comme ça !

Comment avait-elle pu, même pour une seconde, le prendre pour Pierre ? Il avait un visage massif et sans arêtes, des yeux étroits, gris, en retrait, un demi-sourire tenace, une bouche sans lèvres. Comment avait-elle pu ?

Peut-être à cause des cheveux épais et blonds, de la stature.

— Parlez. Expliquez-vous.

Un semis d'oiseaux s'abattit sur la campagne déserte. Par la grande ouverture, elle les vit qui se croisaient, se recroisaient avec une dextérité, une vitesse vertigineuse ; puis, comme aspirés, escamotés par le ciel, ils s'éclipsèrent d'un seul coup.

— Mais enfin qui êtes-vous ?

Elle sentait qu'il ne la lâcherait pas, et personne n'était là pour lui venir en aide. Rapidement, elle relata son histoire. Il desserra alors son étreinte, recula de quelques pas :

— Alors, cette femme, c'était vous ? Moi aussi, j'ai entendu parler de tout ça. Je pensais que depuis le temps vous étiez repartie.

Il croisa les bras, la contempla un long moment, eut un rire goguenard :

— Isis à la recherche de son époux démembré ! C'est ça ?...

Et poursuivant sur le ton du récitatif :

— Apprenant qu'Osiris a été capturé, tué, dépecé et son corps dispersé à travers le pays, Isis parcourt le delta à la recherche des membres épars de son bien-aimé. Elle les retrouvera, elle les réunira ; le cadavre se ranimera, pense Isis.

Il sélectionnait ses mots ; on sentait que la

langue dans laquelle il s'exprimait lui était étrangère.

— Assez, je vous en prie.

Se penchant au-dessus d'elle, il assourdit sa voix :

— La mort ne rend rien. Nous ne vivons plus un temps de légende. Ce qu'elle prend elle le garde !

Il s'était laissé tomber sur la banquette :

— Moi aussi quelqu'un me recherche. Une femme. Mais pour une autre raison...

Une énorme araignée glissa hors de sa toile, dérapa le long du fil, se balança un moment à mi-air avant de tomber sur les genoux de Lana. Elle recula, voulut s'en débarrasser.

— Ne bougez pas.

L'homme venait de saisir l'insecte par une patte et il le jeta sur le sol. Puis il appuya dessus le bout de sa chaussure, le regardant se tordre et se débattre durant un temps infini. Elle le vit faire avec répulsion, se leva d'un bond pour interrompre elle-même le supplice ; mais il la saisit par le poignet, l'obligeant à se rasseoir. Il écrasa alors la bête d'une seule torsion du pied.

Elle chercha désespérément des yeux d'autres voyageurs. Il semblait qu'il n'y aurait personne pour le prochain départ.

En face, s'étalaient les champs ; on n'y apercevait aucune créature vivante et l'on ne devinait même pas la présence du village, trop à l'écart. Malgré le soleil, tout paraissait lugubre, dépeuplé. Depuis tout à l'heure, les oiseaux n'avaient plus reparu.

Il se rapprocha, étendit son bras le long du dossier de la banquette ; quelque chose en lui continuait de l'horripiler.

— Laissez-moi.

— Vous ne voulez pas savoir qui je suis ?

Il avait besoin de parler, il allait parler, elle le sentait bien. Comment faire pour ne pas entendre ?

— Écoutez-moi...

— Non. Si vous avez quelque chose à dire, parlez à celui qui vous héberge. Lui a le droit de savoir.

— Lui m'a trahi. Je lui ai dit que je ne voulais voir personne.

— Il ne vous a pas trahi. Il savait que je partais bientôt, il savait que je m'en irais d'ici sans rencontrer personne.

— S'il avait su, peut-être qu'il ne m'aurait pas ouvert sa porte...

Le même sourire se plaquait sur sa bouche,

il n'avait pas desserré sa main autour du poignet de Lana :

— Je connais cette sorte d'individus. Un idéaliste, un rêveur. De cette race qui soutient les faibles, de quelque côté qu'ils se trouvent, de ces doux qui se révoltent, qui s'égarent, qui parlent d'égalité, de liberté. L'époux de cette femme était aussi comme cela. Mais c'était la guerre, et ces renseignements, il me les fallait. Ce n'est pas facile de tenir un pays occupé.

— Assez, je ne veux pas vous entendre.

Il la retenait toujours par le bras :

— L'homme ne voulait rien dire. Mais j'avais les moyens de le faire parler, je les ai utilisés. Il semblait tenir le coup, je croyais que le moral céderait en premier.

— Pourquoi me racontez-vous ça ? Pourquoi ?

— Des années que je me tais. Des années ! Des mois, qu'aucune femme...

Elle était parvenue à se dégager, et profitant de sa surprise elle se hâta vers la sortie. Mais en quelques pas, il la rattrapa, la contraignant à revenir :

— Vous allez m'écouter, jusqu'au bout.

Il l'entraîna, l'obligea à s'adosser contre le mur.

— L'homme est mort. Je ne sais pas comment sa femme l'a su. Tant et tant d'hommes sont morts. Après la guerre, je croyais qu'elle aurait perdu mes traces. Elle m'a poursuivi, jusque dans mon propre pays, elle avait juré de le venger. Depuis dix ans, je suis dans ce coin du monde. Je croyais avoir la paix. Il y a quelques semaines, j'étais assis à un café, en ville... Soudain elle était derrière moi. Je l'ai aperçue dans la glace, au moment où elle entrait. Je suis parti, j'ai fui. Ces gens-là sont dangereux, parfois organisés, on ne sait pas de quoi ils sont capables... Je suis venu dans ce village. Je voulais rester longtemps. Personne ne m'aurait trouvé. Mais tout à l'heure, ce visage dans la lucarne...

Il rit :

— Ce n'était que vous !

— Je vous hais, lâchez-moi ! cria-t-elle. Il n'y a rien au monde que j'exècre autant que vous !

Elle le repoussa avec violence, il fut obligé de reculer ; mais au bout de quelques secondes il la maîtrisa de nouveau :

— Vous n'êtes qu'une enfant !

« Pierre ! Pierre ! C'est un cauchemar, je vais me réveiller. C'est un de ces cauchemars qui m'habitent. Ce personnage — je le reconnais, c'est celui de mon cauchemar —, l'auteur des déportations que nous n'avons pas vécues, des ghettos que nous n'avons pas subis, de ces camps où nous n'avons pas été suppliciés mais dont le souvenir, si souvent, nous révulsait. Et ces "comment" et ces "pourquoi" auxquels il

190

n'y eut jamais de réponse... Un cauchemar, rien qu'un cauchemar, pareil à l'autre.

« Cette nuit-là, il y a bien longtemps, je m'étais réveillée les jambes glacées, t'appelant, t'appelant, me consolant, oubliant auprès de toi, bénissant ce temps de paix où il nous était donné de nous aimer loin de la peur.

« Je me souviens. Nous étions assis, toi et moi, à une table ronde, recouverte d'une nappe amidonnée. A notre gauche, un affreux buffet Henri II encombré de piles d'assiettes. Nous nous querellions. Des mots agressifs, durs, violents ; de ces mots qu'il faut se hâter de dissoudre et qui ne sont que de l'écume. Soudain, ces hommes ont surgi. Ils étaient huit : casqués, bottés, portant des mitraillettes. Tout de suite, ils nous ont séparés, nous forçant à nous tourner le dos, nous poussant chacun dans une direction opposée, face au mur.

« — Pour vous, c'est la fin, ont-ils dit.

« Je savais que nous étions séparés à jamais, comme l'avaient été tant et tant et tant d'autres. Mais durant quelques secondes, ce qui me paraissait le pire, c'était de nous quitter sur ces paroles-là ; et puis, de savoir que nous n'y pouvions plus rien. Pourtant, il aurait suffi que nos regards se croisent... Même cela n'était plus possible. »

Les yeux fermés, la femme semblait se débattre contre des hallucinations. Exaspéré par cette lutte, l'homme lui maintint la tête, cherchant ses lèvres. Il était le plus fort, il finirait par avoir le dessus. Un jour, plus tard, lui et les siens finiraient aussi par vaincre. Lorsque toutes ces nouvelles idées seront balayées — car elles le seraient, elles le seraient sûrement — lui et ceux qui pensaient comme lui domineraient le monde. Lui et les siens reprendront leur véritable place, seront les maîtres, une fois encore.

Plaquée contre le mur, la femme transpirait à grosses gouttes, se raidissait, le repoussait. Il éclata de rire à la vue de cette révolte dérisoire.

Elle ne voyait plus que ce torse, de plus en plus énorme. Une masse, une muraille, qui l'écraserait...

Soudain — par la grande embrasure sur la campagne, par les deux portes donnant sur le quai — une foule de paysans, une ribambelle d'enfants, une volée de femmes firent irruption dans la salle, s'engouffrant, pénétrant par les trois ouvertures à la fois, portant des paniers, des caisses, des ballots.

L'homme perdit contenance, recula.

La bousculade le contraignant à se déplacer, Lana put lui échapper et se mêler à la cohue.

Il la chercha du regard, la retrouva, à une certaine distance, déjà confondue à cette foule.

Elle parlait à l'un, puis à l'autre, mais en quelle langue ? Elle semblait faire partie de ce peuple, seuls ses cheveux clairs la différenciaient, elle paraissait unie à cette masse, soutenue par cette multitude, accordée à cette fourmilière. « Plus proche d'eux que de moi ! constata-t-il avec un sourire de mépris. Encore une qui a perdu l'orgueil de sa race !... »

Se frayant un passage dans ce grouillement, il se dirigea, en haussant les épaules, vers la sortie.

La banquette fut prise d'assaut par des garçonnets, munis de longues cannes, qui s'ingéniaient à frapper des coups au plafond. L'un d'eux embrocha une toile d'araignée, qu'il vint ensuite secouer sous le nez de femmes assises en rond. Quelques-unes sursautèrent, poussant des cris aigus, et d'autres pouffaient de rire en les regardant.

Un sifflement suivi d'un bouillonnement de vapeur annonçait l'arrivée du train. La foule se précipita alors en direction de la voie. Là, ce fut un nouveau tumulte.

— Venez, dit un groupe de femmes à Lana.

Elle les aida à s'engouffrer dans un des trois compartiments réservés aux voyageurs. Plus loin, un marchand de bestiaux — qui attendait depuis un moment sur le quai — forçait, en pestant, ses bufflesses récalcitrantes à l'intérieur d'un wagon réservé aux bêtes, et déjà aux trois quarts plein.

Les ballots, les sacs, les marchandises encombraient les couloirs et les enfants s'asseyaient par-dessus. On fit place à Lana sur un banc de bois. Une jeune femme, qui voulait allaiter son bébé, lui confia sa fillette.

Le train s'ébranla. Sa vitesse était encore très ralentie, et Lana put jeter un dernier coup d'œil vers le village. Longeant les rails, elle aperçut l'inconnu qui avançait tournant le dos à l'agglomération. Ce mépris, ce besoin d'opprimer, ce poison qui pourrissait le monde, c'était la mort, la seule mort.

La petite fille s'assoupissait entre ses bras. A plusieurs reprises, Lana chassa une mouche qui s'obstinait autour des lèvres de l'enfant ; puis, elle essuya la traînée de sucre dont la bouche était barbouillée. Parfois, la mère se tournait dans sa direction, souriait, découvrant ses dents éclatantes.

Une autre femme proposa une orange à l'étrangère. Voyant que celle-ci avait les bras embarrassés, elle la lui épluchait, lui tendant ensuite quartier par quartier. Dans l'encadrement de la vitre, les champs s'étalaient comme des paumes vertes, limités, au loin, par un désert de safran. Le poids de cette petite fille, son souffle tiède traversant la soie de son chemisier réconfortaient, ranimaient Lana. Penchant sa tête au-dessus des cheveux de l'enfant, elle respira une odeur de henné mêlée à celle de la transpiration. La forte lumière dorait les visages autour.

A l'extérieur, bordant le canal, une série d'arbres, assoiffés, foncés par la poussière, se courbaient, s'allongeaient au-dessus de l'eau.

L'aïeule, assise en face, se pencha en avant, tapota gentiment les mains enchevêtrées de Lana :

— De quel pays viens-tu ? lui demanda-t-elle.

Elle fut sur le point de répondre :

— Du vôtre.

Oui, quelque part, en deçà de leur pays et du sien, existait ce pays-là (ce pays où ne pénétrerait jamais l'inconnu), le pays de chacun et de tous. Elle le savait depuis toujours.

Quand elle eut répondu, citant le nom de sa ville, toutes lui souhaitèrent la bienvenue, et lui demandèrent d'autres détails. Elle les leur donna en peu de mots, en beaucoup de gestes, libérant un bras, maintenant la petite fille dans l'autre. Une des femmes fit alors claquer un baiser à l'intérieur de sa paume, puis elle éleva sa main vers le ciel, comme pour exprimer qu'en l'honneur de la voyageuse elle confiait sa cité lointaine à la pensée de Dieu. Les autres l'imitèrent et, durant quelques instants, le vacarme des roues fut couvert par le concert de tous ces baisers.

Le train avançait en cahotant, ralentissait, stoppait à toutes les stations, repartait avec des secousses, vibrait sur ses rails. Mais la trépidation ne traversait plus un certain seuil, une certaine paix.

Quelqu'un baissa le store noir, le déroula à moitié, et le compartiment fut plongé dans une rafraîchissante pénombre.

On pouvait encore apercevoir, en transparence à travers la partie basse de la vitre, la bande verte de la vallée ; et, au-delà — éternelle escorte —, la raie blanche du désert.

Chapitre X

Rigot, qui n'avait pas quitté le pays depuis une dizaine d'années, allait s'absenter pour plusieurs mois. Il était parvenu à persuader Mme Moret qu'elle devrait songer à partir elle aussi. Le dernier trajet de Lana, qui remontait à quelques mois, paraissait confirmer l'inutilité de ses recherches. Toutes les pistes étaient fausses. Ces deux années avaient-elles été un échec ? Souvent elle le pensait ; d'autres fois elle sentait au contraire qu'elle s'était rapprochée de Pierre en le cherchant.

La veille de son départ, rompant avec ses habitudes, Rigot avait beaucoup parlé d'Élisabeth :

— Cela a été terrible pendant des mois, j'en avais perdu le sommeil. Mon travail, mes routes m'horripilaient. Je ne comprenais pas ce qui s'était passé, je me heurtais à un mur. Et puis, un matin, Élisabeth s'est détachée de moi comme une branche qui casse. C'est exactement cela.

Il avait encore parlé cherchant des raisons à cette indifférence subite, s'arrêtant parfois au milieu d'une phrase, fermant les yeux — ses énormes sourcils en broussaille dévoraient alors ses paupières, son front plissé absorbait le bas du visage — demeurant là, immobile, ancré, vissé dans ses pensées. « Quand j'approchais d'Élisabeth... » C'étaient des souvenirs qu'il n'aimait pas ressasser, mais ces images le poursuivaient, entraînant d'autres à leur suite. Durant son enfance, ses camarades se moquaient de son teint blafard, de ses yeux en saillie, le surnommaient « œil de caméléon », disaient qu'avec des yeux aussi ronds on pouvait voir dans quatre directions à la fois.

— Lana, reprit-il, vous avez trente-huit ans, vous êtes encore jeune. J'ai l'impression que vous ne le savez plus, que ça ne vous intéresse plus. Il faut revivre...

Sur la nappe où Seif venait de poser la cafetière, il restait, toujours imprégnée dans le tissu, la tache brune qu'Élisabeth avait faite en renversant sa tasse le premier soir.

— J'ai oublié Élisabeth. Pour vous, ce n'est pas pareil je le sais bien ; pour vous il importe de se souvenir. C'est parfois aussi difficile. Plus difficile...

— Rien ne me dit que Pierre n'est pas vivant.
— Pour moi, Élisabeth est morte.

Il aurait voulu ajouter qu'il souhaitait pour elle la preuve de cette mort de Pierre (cette mort dont il était convaincu), que tout valait mieux à son sens que l'incertitude, que cet espoir de plus en plus creux.

— Il faut revivre, se contenta-t-il de répéter.

Une semaine après le départ de Rigot, ce fut au tour de Lana de s'en aller. Elle devait s'envoler le lendemain. Après avoir refermé sa valise, elle sortit une dernière fois sur la terrasse pour revoir le désert. Jusqu'à ce que ses yeux lui fissent mal, elle continua de le fixer. Soudain, elle s'entendit dire : « A perte de vue, je te cherche à perte de vue. » Sans s'attarder au sens de ces paroles, elle eut de nouveau l'impression que son séjour ici n'avait pas été vain.

Au bas de la maison, Seif arrosait le jardinet.

Un peu plus tard, un groupe de sept bédouins poussa la grille. De là-haut, Lana les vit entourer le jeune Nubien, et lui parler tous à la fois. Ils paraissaient surexcités.

Ils racontaient à Seif qu'ils venaient de

découvrir un cadavre et que c'était sans doute celui du survivant :

— Couché sur le dos, les sables le recouvrent. On voit seulement son visage...

Abdallah, le plus vieux de la troupe, dit qu'à son idée l'homme avait longuement marché, puis qu'il s'était perdu et qu'au bout de quelques jours il était mort de soif.

— Ce n'est pas très loin d'ici, mais en dehors des pistes. Il faut y aller à dos de chameau. Nous n'avons pas voulu le toucher avant que la femme ne vienne. Elle seule pourra le reconnaître. Il faut qu'elle nous accompagne.

— Qu'y a-t-il, Seif ? demanda Lana penchée au-dessus du parapet.

— Je monte vous dire.

Il grimpa les marches, se demandant comment il allait le lui annoncer. Si au moins l'ingénieur avait été là... Celui-ci aurait sans doute pensé que cette découverte était un heureux hasard, un bienfait plutôt qu'un malheur. Mieux valait peut-être que les choses se terminent ainsi. Et pourtant...

Mme Moret l'attendait sur le palier :

— Qu'y a-t-il, Seif ? Qu'y a-t-il ?...

La caravane avance, s'étire le long des dunes.

— C'est à une heure d'ici, dit Abdallah.

« Deux ans que je te cherche, Pierre, et tu étais si proche. Deux ans que je t'invente, et tu n'existais plus. » « Rien n'a changé, Lana, j'étais dans l'absence, pourtant tu m'as gardé. » « Ton absence, c'était encore la vie. Tu vivais. Autre part, loin de moi. Mais au moins tu vivais. » « Tu as raison, Lana, ce n'est pas pareil. Je ne voulais pas vieillir, je ne voulais pas mourir, je n'étais pas préparé à ces renoncements. » « Pierre, mon enfant chéri, si je pouvais te porter, t'emporter loin de la mort... »

— Il ne faut pas, il ne faut pas pleurer, dit Seif s'approchant. Écoutez, quelle paix...

Les hommes du désert vêtus de noir, enturbannés de noir, ouvrent la marche, portent un deuil éternel.

— C'est là-bas, dit l'un d'eux levant le bras.

La caravane se regroupe, les bêtes s'accroupissent, les bédouins conduisent Lana, désignent au loin ce léger renflement sur le sol, cette forme de barque renversée.

« Je me suis avancée, Jeanne. A un moment je ne savais plus qui je venais reconnaître. Était-ce votre Serge ? Jean Rioux, l'enfant de Lydia, René Klein ? Mais quel que soit ce survivant, la mort de chacun, la fin de Pierre, serait là, inscrite sur ce visage. »

Le vieil Abdallah s'agenouille auprès de l'homme étendu. Avec un linge propre, il essuie la mince pellicule de poussière qui recouvre la face.

Lana se penche, regarde. Soudain, sa voix éclate :

— Ce n'est pas lui ! Pas lui !

Elle se retourne, elle crie vers Seif :

— Pas lui.

— Alors, c'est un des autres, madame Moret, dit doucement le Nubien. Lequel ? Vous savez lequel ?

Elle s'approche, scrute ce masque que le soleil a bronzé, durci, préservé. Les noms, les souvenirs défilent :

— Aucun des autres.

— Vous êtes sûre ?

— Je suis sûre.

Pourtant il faut bien une explication. Un mort, ça ne surgit pas d'entre les sables. Ça possède un nom. Ça vient de quelque part.

— Il n'est pas d'ici, on l'aurait reconnu, disent les hommes.

« Jeanne, Lydia, tandis qu'ils le désensablaient, je ne pensais qu'à ce sursis. Je n'éprouvais même pas de peine pour cet être encore jeune, même pas de curiosité. Mais aussi, quelque chose en lui était au-delà de toute peine, au-delà de toute indiscrétion. Quelque chose d'illimité, de tranquille, d'à sa place... »

— Qu'on le laisse ici, Seif.

202

— C'est impossible, madame Moret.

Accroupis en cercle autour du mort — leurs larges robes noires formant une sorte de rempart — les bédouins continuent de repousser le sable, de dégager les jambes, puis le buste.

— C'est un pilote de la R.A.F., dit Abdallah, dès que la veste fut visible.

Glissant alors sa main à l'intérieur des poches, le vieil homme finit par découvrir un carnet qu'il tendit aussitôt à Lana.

Cette nuit-là, avant de s'endormir, elle en feuilleta les pages.

« Anthony Starron, né à Barrow en 1901 », lut-elle. Cet homme, ce jeune homme dont elle n'oublierait plus le visage, aurait eu soixante-deux ans aujourd'hui.

« C'est pour toi que j'écris, Maureen, dans quelques jours nous nous retrouverons. Si quelque chose m'arrivait (pourtant je suis persuadé que je vais m'en tirer), il faut que tu saches comment cela s'est produit et combien je pense à toi. »

« Avec ce nouveau biplan j'ai voulu traverser le désert ; je regrette de n'avoir pu accomplir cet exploit, et d'avoir été forcé d'atterrir. J'ai touché à plusieurs reprises le sol avant de capoter — les sables par ici sont doux comme un matelas et je n'ai pas eu grand mal. »

« Impossible de repartir, le moteur est fortement endommagé. J'attends du secours. D'ici à deux jours, ceux qui connaissaient mes projets se mettront à ma recherche. Je patienterai jusque-là. A moins qu'avant, le hasard ne place quelqu'un sur ma route... »

« Je suis blessé au visage, aux mains, aux genoux, des contusions légères, le sang s'est très vite séché. Le désert cicatrise, aseptise. Un mort ici doit être moins laid qu'ailleurs ! Tu vois, le moral tient bon puisque j'ai le cœur à plaisanter. »

« Pour me protéger du soleil, j'ai passé la matinée étendu sous les ailes de l'avion. Maintenant le temps s'est rafraîchi, j'ai vainement tenté de réparer ce damné moteur. L'intérieur de la carlingue est intact, il me reste encore deux cent quarante litres d'essence ! Je me suis installé dans mon fauteuil, à la commande des leviers, essayant contre tout espoir de m'arracher au sol. »

« Jamais je n'aurais pensé, Maureen, que les nuits au désert puissent être aussi froides. J'ai sacrifié les pales de l'hélice pour faire un feu. »

« Un feu. Personne ne verra-t-il ce feu ? Suis-je si loin de tous ? Et de toi, Maureen, suis-je si loin ? Ce bout de terre me paraît soudain hors de l'univers. Aucune route ne s'en approche, ni au ciel ni sur terre. Peut-être que cet endroit n'existe que dans mon délire.

N'existe que pour moi. Je n'en peux plus d'attendre. »

« Ce matin, j'ai crayonné de mémoire une carte sommaire de la région, je vais partir en direction du nord. Trois jours que j'attends, que je guette. J'ai l'impression que si je ne bouge pas d'ici, rien, jamais, ne viendra à mon aide. »

« Je marche lentement vers le nord. J'économise le peu d'eau qui me reste. Je ménage mes forces. Il y aura bien une limite à ce désert. »

L'écriture s'agrandissait, s'effilochait. Parfois, un seul mot recouvrait toute une page : « Soif » ou « Maureen ». D'autres fois, un croquis représentait un arbre sans feuille ou une cité ensevelie.

« Je n'aurais pas dû m'éloigner de l'appareil, au moins ses ailes me protégeaient du soleil. Si j'avais tenu bon, peut-être aurais-je réussi à le réparer ? Je retourne sur mes pas. »

« Je ne retrouve plus mon chemin. Où est le nord ? Où est le sud ? Je te cherche. Je ne te vois plus, Maureen. Je ne t'appellerai plus. Tu es trop loin, je t'abandonne. J'abandonne. Tout est trop loin. Ce que je veux, c'est dormir. Ne plus entendre ce qui crie dans ma tête. Ce soleil qui hurle dans ma tête. Ne plus t'écrire. Me coucher, m'étendre... Il me faut la paix. Ne me retiens plus. Je t'en supplie, ne me retiens plus. Plus... »

Il était tard. Lana referma le carnet, le posa sur la table de chevet. Qui était Maureen ? Où se trouvait-elle ? Quelle petite vieille était-elle devenue ? « C'est pour toi que j'écris, Maureen... » « C'est pour toi que j'écris, Lana... » Dans trente ans, lui ramènerait-on le carnet de Pierre ? Non, un événement aussi bizarre ne pouvait se reproduire.

Elle se tourna sur le côté, éteignit la lampe.

Pierre survivait toujours.

« Cette nuit, Pierre, la mer est venue jusqu'à nous comme pour tout conclure, pour tout recouvrir. Une mer démontée, vert-de-gris, théâtrale, raclant la plage, débordant dans les criques, se fracassant contre les roches. Une mer en crêtes, en aiguillons, hurlante, crachant ses vagues, ravalant son écume, reprenant chaque fois sa lancée.

« Cette nuit, ensemble, nous avons été vers la mer.

« Sur une embarcation légère comme l'osier. Toi, par défi, par courage, pour conquérir. Moi, pour ne pas te quitter. Massée sur la plage, la foule nous criait de revenir ; nous criait que ce n'était pas une barque que nous avions là, mais une simple planche de bois vermoulue. Pourtant nous naviguions, nous chevauchions les vagues. Ensemble, nous ne cessions pas d'avancer.

« Cette nuit, je ne craignais rien. Ni le rugissement des eaux ni ce ciel privé d'étoiles. Je te criais : "Plus loin. Plus loin ! " ; sans m'inquiéter de ce que nous quittions, ni du lieu où nous allions aborder. »

....

« Plus tard, je ne sais comment, nous nous sommes retrouvés à l'intérieur d'une place forte. Les bouches de la mer rugissaient autour. Les flots butaient contre les fortifications. Entre un ressac et l'autre, il ne resta bientôt plus le temps d'un soupir. L'écho s'emmagasinant dans l'enceinte nous assourdissait.

« Soudain un des murs se rompit comme une feuille de parchemin. Forcée par les vents qui la soulevaient, la hérissaient par plaques, l'eau déferla à nos pieds.

« Nous étions debout sur un remblai ; les barrières s'écroulaient l'une après l'autre. Nous étions seuls, impuissants devant ce désastre. Les yeux tournés vers la muraille qui nous faisait face, je savais pourtant que celle-ci, la dernière, ne céderait pas. Sur toute sa surface étaient clouées, pêle-mêle, les parties éparses d'une secrète et subtile mécanique : des rouleaux, des pênes, des cylindres, du mâchefer, des lames, des roues, des vis, des axes. Immense, pitoyable insecte de fer au ventre éclaté, aux membres éparpillés, tournant chacun pour son propre compte dans un indescriptible et bruyant chaos. La suprême menace venait de là, tu me l'as dit. Mais je savais, avec certitude, que de là aussi viendrait, s'il venait, le salut.

« L'enjambement infernal de la mer se poursuivait. Nous étions à découvert. Pour ne pas laisser la peur me gagner, je fixais cette muraille et sa panoplie d'objets en débâcle comme si quelque chose devait forcément se produire, se produirait. Je n'avais pas une idée précise de ce qui pouvait arriver, mais je savais que cette chose je la désirais à en mourir. Pour me suivre, tu regardais cette muraille reprenant peu à peu confiance, toi aussi.

« Ce fut comme un déclic. Le craquement d'une vieille horloge dont on aurait désespéré et qui, soudain, se serait remise en marche, ébranlant jusqu'à la moindre fibre de sa cage de bois. Un déclic, une pulsation, un emboîtement, une rencontre ; nous en étions bouche bée.

« Voilà que tous ces objets dont le lien, la signification nous échappaient — broyés, à l'abandon, déchiquetés, convulsés — retrouvaient soudain utilité et fonction. Voilà que, les contemplant, c'était comme si nous assistions à notre propre spectacle. Chaque élément continuait de se mouvoir séparément, mais le rythme de chacun devint celui de tous. Oui, tout se réconcilia. Tout. Jusqu'à la plus infime parcelle de limaille.

« Bientôt les tourbillons de la mer et les nôtres s'accordèrent à cette tranquille respiration.

« Cette nuit, Pierre, comme nous avons été heureux, comme nous nous sommes retrouvés ! »

....

« Soudain, M. Leroc, en smoking blanc avec une orchidée à la boutonnière, descend les marches vers la digue. Il vient vers nous, te murmure à l'oreille (l'odeur de son eau de toilette sucrée me monte désagréablement aux narines, il porte une bague lourdement sertie au petit doigt) :

« — Un excellent spectacle, monsieur Moret ! Je finance.

« Il agite une volée de billets dans l'air.

« — Je lance des actions ! Est-ce une tragédie, une comédie, un opéra, un ballet ? Je n'en sais rien. Mais je finance. C'est un spectacle qui ira loin ! »

TROISIÈME PARTIE

La vie

Tout mur est une porte.

Emerson.

Chapitre premier

Il aurait soudain fallu à Lana des centaines d'yeux, des milliers de jambes pour qu'elle puisse se trouver partout à la fois. En marchant, dans Paris retrouvé, il lui était venu l'absurde envie de caresser les murs, les portes, de se baisser pour toucher l'asphalte ; de tout prendre contre elle : les jardins, les avenues, les gens. D'avancer les bras chargés, bercée par le tumulte de la ville. Elle se répétait : « Je suis d'ici. D'ici ! » Durant ces deux années, elle ne réalisait pas combien tout cela lui avait manqué. Il lui semblait que la cité, si longtemps à l'écart — enrichie par l'absence, par le silence, par le désert, mieux regardée à présent — venait à elle, d'un seul élan, dans sa plénitude. Les gris du ciel la fascinèrent. Elle fixa un long moment ces nuages qui se remanient, inventent, innovent comme nulle part ailleurs.

Elle hésita à rentrer chez elle. Dans ces rues, le long de ces quais elle sentait la présence de Pierre ; chez elle, entre quatre murs, elle craignait de ne plus le retrouver.

— Qui es-tu, Pierre ?

— Je ne suis que toi.

— Et pourtant...

— Si peu nous sépare.

— Mais ce peu, c'est toute la vie.

Plus tard, elle s'assit à la terrasse d'un café. Le tintement de la soucoupe contre le dessus de marbre, les plaisanteries du garçon, le même journal qu'on dépliait chaque soir, tous les gestes reconstruisaient un monde familier. De l'autre côté de la vitre les passants défilaient, vite, très vite, rattrapant le temps.

— Qui es-tu, Pierre ?

— L'opposé de toi.

— Et pourtant...

— A présent, tout nous sépare.

— Mais ce tout n'a qu'un temps.

Un garçonnet en chaussettes bleu roi balance à bout de bras la légère sacoche des jeudis et avance en chantonnant. Au bord du trottoir il s'arrête, hésite, trop de recommandations bourdonnent soudain dans sa petite tête, la ville-jeu devient la ville-monstre. « Attention à droite, à gauche, aux feux rouges, aux motos, à ceux qui veulent te faire traverser, aux feux verts, aux clous. Attention ! »

Un peintre tient sous son bras un tableau sur lequel se retournent et ricanent quelques passants. Une femme, dans un manteau de prix, marche à petits pas perchée sur des talons trop hauts. Une autre porte des bas en coton beige qui cachent mal le gonflement de ses veines, ses chevilles énormes.

Avec son index recroquevillé, un clochard frappe contre la vitre du café :

— Vous, là, qui êtes-vous ?

Lana cherche une réponse ; mais, haussant les épaules, l'autre est déjà reparti.

L'impasse. Au coin de la rue : la boulangère, celle qui sourit toujours. A l'épicerie, la marchande n'est plus la même, le fleuriste a changé lui aussi. Peut-être Mireille est-elle toute proche ? « Et si elle ne me reconnaissait pas ? »

— Tu m'as reconnue, Mireille !

Pour courir vers Lana, la petite fille a brusquement lâché la voiture de poupée qu'elle s'ingéniait à faire grimper sur le trottoir.

— Tu m'as reconnue !

— Je t'attendais chaque jour.

Elles reviennent la main dans la main, re-

dressent la voiture tombée sur le côté, épous-
settent, réinstallent les poupées.

— Et lui ? demande Mireille. Tu l'as retrouvé ?

— Pas encore.

— Tu as cherché partout ?

— J'ai beaucoup cherché.

— Peut-être qu'il est ailleurs.

— Peut-être.

— Alors tu le retrouveras.

L'entrée de l'immeuble est sombre, Lana est
seule de nouveau.

Il y a, il y aura cette lente, interminable
montée dans l'ascenseur hydraulique jusqu'au
septième, ces murs autour de la cage vitrée.
Ces murs qui n'en finissent pas. Cette barre de
plomb dans la poitrine, cette chape sur la tête,
cette douleur, cette déchirure, quand il faudra
ouvrir la porte, tourner la clef. Ensuite faire
face. Face à quoi ?

L'absence se rapproche. Le cortège des nuits
froides s'avance. Il y a, il y aura cela.

Il y a, il y aura aussi, le retour de l'aube ;
certains matins qui ressembleront forcément à
des matins. Parfois cet éclat dans les choses,
parfois cet éclat dans l'instant. « Ce toi en moi,
Pierre, qui ne cesse de grandir. »

Chapitre II

— Dès qu'il fait sombre, j'allume, dit le vieil homme pressant sur le commutateur.

La photographie de René Klein brillait à présent sous l'ampoule nue.

— Je n'aime pas que la nuit recouvre sa figure.

Il s'approcha, passa la main sur le front de son petit-fils, rajusta la lampe.

— J'ai été malade, très malade, je ne pouvais plus vous écrire. Mais je savais que vous reviendriez me voir, que vous m'annonceriez qu'il est toujours vivant.

— Je ne peux pas vous dire cela.

— Aucun des passagers n'a été retrouvé, n'est-ce pas ?

— Aucun.

— Alors, vous voyez bien, c'est un message de

vie que vous m'apportez. Mais oui, madame Moret, nous n'avons pas le droit de renoncer.

Ils passèrent dans l'autre pièce. Par l'entrebâillement de la porte, on continuait à voir briller l'ampoule.

— La nuit, je ne l'éteins jamais. Quand René était petit, c'était pareil, je laissais entrouverte la porte qui séparait nos chambres, pour l'entendre remuer ou appeler s'il avait besoin de nous. Maintenant, c'est comme s'il dormait à côté, mais d'un sommeil un peu plus lourd.

Un courant d'air venait de rabattre la porte, on apercevait cependant le globe lumineux à travers les voilages.

— J'ai renoncé à apprendre le livre, madame Moret. Je suis trop vieux et la maladie a encore affaibli ma mémoire. Mais je le recopie dans un cahier aux feuilles épaisses, que je lui offrirai à son retour.

— Croyez-vous que... ?

— A présent que vous êtes rentrée, c'est moi qui partirai, interrompit-il. Il faut qu'il y ait quelqu'un là-bas. Pendant que j'étais au lit, je ne faisais qu'étudier la carte, j'ai pensé à d'autres itinéraires, je vous montrerai...

— J'ai été partout.

— On ne peut pas avoir été partout. Il a pu remonter le fleuve très loin. Peut-être vit-il quelque part au milieu d'une tribu ? Peut-être qu'ils n'ont plus voulu le laisser repartir ? J'ai mon idée là-dessus, il faut que j'y aille.

— Et votre femme ?

— Elle est d'accord... Si, au bout d'un an je n'ai trouvé personne, eh bien j'irai là où René devait se rendre, dans cette école en plein bled. Émilie me rejoindra et nous saurons bien leur être utiles à quelque chose, nous aussi.

— La perle !

M. Leroc la fait doucement rouler entre le pouce et l'index.

— Oui, madame Moret, c'est exact, cette perle appartient au collier de Florence.

Au mur, le portrait en pied de Florence porte témoignage. Un beau collier qu'ils avaient choisi ensemble.

— Une ressemblance frappante, n'est-ce pas madame Moret ? Mais Florence n'aimait que l'art abstrait, vous verrez tout à l'heure notre collection.

Curieuse femme cette Mme Moret, se boucler ainsi deux ans dans un désert, et pour quel résultat ?

— Du temps de Florence..., commence-t-il, mais il s'arrête aussitôt.

Pourtant c'est bien cela qu'il fallait dire : « Du temps de Florence, du temps de Martine, du temps de M. Moret. » Il tient la perle au creux de sa main, la laisse rouler dans sa paume, la rattrape entre ses doigts :

— Du temps de Florence nous avons visité l'Afrique, mais pas le désert. Elle détestait le désert.

Il regarde de nouveau la pierre :

— Les objets nous survivent, madame Moret, c'est tragique, cruel, ne pensez-vous pas ?

Se rappelant qu'il est l'heure de sa pilule, il la tire, en hâte, de son gousset. Depuis l'alerte de l'été dernier, il faut qu'il se soigne. « Les hommes d'affaires sont guettés par l'infarctus », cette phrase il l'a tellement entendue. Discrètement, il porte la main à son cœur ; cela lui arrive d'éprouver un pincement désagréable, mais qui, heureusement, ne dure pas. Il faut se hâter de vivre, se hâter...

En posant sa perle dans le tiroir de la table, il repense à Marcelle. Chaque soir, il attend la jeune femme à la sortie du salon de coiffure. Pas Marcelle, plutôt Rosie. Il avait insisté pour qu'elle se laisse appeler Rosie. Ce nom de Marcelle, ça lui rappelait « Martine », d'autant plus qu'elles avaient presque le même âge. Elle était accommodante, Marcelle, elle avait tout de suite accepté.

— Rosie, ça te va ?

— Si tu veux.

Elle venait à lui, s'offrait, fraîche, pimpante, jolie. Dans la rue, les gens se retournaient pour l'admirer, il en était fier. Elle souhaitait faire carrière au cinéma, il l'aiderait. Qu'est-ce que cela pouvait faire si l'amour n'était pas entièrement désintéressé ? C'était tout de même l'amour. Il regarda sa montre, Mme Moret paraissait pressée de partir ; elle se levait, lui tendait la main :

— Je vous laisse.

— Vous avez été admirable, madame Moret, dit-il la raccompagnant. Ne protestez pas, admirable ! Supporter cette solitude durant deux ans, sans être certaine de le retrouver. Je n'aurais pas pu. Comme vous deviez l'aimer ! Mais à présent, c'est un conseil d'ami que je vous donne : il faut tourner la page. Je ne dis pas oublier, mais tourner la page. Vous avez encore vingt ans de jeunesse devant vous. A notre époque...

C'étaient des mots ; il n'y croyait pas à cette éternelle jeunesse des femmes. Seules lui plaisaient les très jeunes, de plus en plus jeunes, de plus en plus fraîches. Si Florence avait été là... Mais Florence l'aurait admis, l'avait admis. Elle était raisonnable, Florence.

— Florence aurait eu cinquante-cinq ans aujourd'hui, madame Moret, qui l'aurait cru ?

Lana partie, il récupéra la perle, ouvrit son portefeuille, la glissa au fond de la poche intérieure. Comment serait Rosie avec un collier de vraies perles ? Elle n'avait pas l'allure, la distinction de Florence, mais elle avait tout le reste. De nouveau, il éprouva ce pincement au cœur ; mais léger, rien de comparable à la douleur de l'autre soir.

L'autre soir, c'était il y a une semaine, ils entraient dans un restaurant, Rosie et lui. Elle était particulièrement bien ce soir-là, dans sa robe bleue, avec ses grands cheveux blonds. A l'une des tables, un ami l'avait reconnue, l'avait appelée.

— Marcelle ! Mar... celle. Mar... tine. Marcelle !

Sans hésiter, elle l'avait planté là, au milieu de la salle, pour courir vers le jeune. Ce fut comme un brouhaha de voix, de rires, et des « Marcelle » qu'il confondait avec des « Martine ». Pris de vertiges, il crut qu'il allait s'écrouler ; par chance personne ne s'en était aperçu. Un fer rouge lui fouillait le cœur, il lui semblait qu'il ne pourrait plus jamais remuer. Peu à peu il s'était ressaisi ; il était parvenu à se retourner, à se diriger, lentement, vers la sortie. Le maître d'hôtel, qui venait de le reconnaître, se précipita :

— Monsieur Leroc, une table ?

— Je reviendrai une autre fois.

Sur la chaussée il respira. Il avait besoin d'air.

Quelques minutes après, Rosie était venue le rejoindre, elle ne comprenait rien à toutes ces simagrées. Elle le pressait de questions auxquelles il ne répondait pas. Il l'avait ensuite raccompagnée chez elle ; elle était exaspérée, furieuse. En descendant du taxi, elle lui lança :

— Ce n'est pas parce qu'ils m'ont appelée Marcelle que tu dois faire cette tête-là ? Comment veux-tu qu'ils devinent, eux ?

En enfilant son manteau, il se rappela qu'il venait de laisser partir Mme Moret sans avoir proposé de la raccompagner. Pourtant, il allait dans sa direction.

Il regarda sa montre, il était près de six heures. Oubliant qu'il devait se ménager, il descendit en se pressant, marcha à grandes enjambées jusqu'à la voiture ; cela agaçait Rosie d'attendre.

— Plus vous cherchiez, Lana, plus je m'éloignais, plus je me délivrais de Serge.

La longue silhouette de Jeanne se découpe à contre-jour.

— S'il revenait, je ne le reverrais pas. S'il insistait, s'il me rappelait, et il insisterait, me rappellerait sans doute, je refuserais de l'écouter. De ces années auprès de lui, il ne me reste que le souvenir d'avoir souffert. Je sais, c'est injuste, mais c'est comme un acide qui détruit ce qu'il y a autour. J'ai du mal à imaginer les instants de bonheur ; cette chambre où j'ai

vécu, je ne peux plus y penser sans un serre-
ment de cœur ; je m'y vois, prisonnière, en-
gluée, guettant ses retours.

— Et à présent ?

— A présent...

Elle esquiva la réponse :

— J'étais seule à aimer, ce sont des choses
qu'on s'avoue difficilement. Chez lui, il y avait
une sorte de disponibilité que je prenais parfois pour de l'amour ; il n'y a pas d'amour
possible sans certains renoncements. Ou du
moins si l'on doit se satisfaire de cela, il faut
que tous les deux restent lucides, complices.
Oui, complices ; mais ça, il faut encore le
pouvoir ! J'avais fait de Serge le centre de ma
vie. Est-ce que Pierre était le centre de votre
vie, Lana ?

— Ce qu'il y avait de plus important dans ma
vie, mais pas le centre.

— Qu'est-ce qui était le centre ?

— Autre chose.

— Mais quoi ?

— Quelque chose qui nous dépassait, Pierre et
moi.

— Dieu ? Vous croyez en Dieu ?

— Je n'ai jamais nommé Dieu. Peut-être Dieu,
peut-être la vie ? Peut-être une soif à combler ?
Je ne sais pas.

— Pierre, l'avez-vous rêvé, Lana, ou est-ce
vraiment celui avec lequel vous avez vécu ?

— D'une certaine façon, chacun se rêve, chacun est rêvé ; vous-même, Jeanne...

La sonnerie du téléphone l'interrompit. Sans hésiter, Jeanne souleva le récepteur.

— C'est pour vous, Lana.

Elle s'excusa de sa précipitation, une habitude dont elle ne parvenait pas à se défaire.

Quand elle attendait un appel de Serge, elle rôdait durant des heures autour du téléphone, ne le quittant pas des yeux, composant rapidement un numéro pour s'assurer que l'appareil était en marche. La présence de ce téléphone rejetait dans l'ombre tout le reste ; Jeanne finissait par en connaître chaque détail : la fêlure au bas du manche, certaines lettres effacées, l'endroit où se nichait la poussière. Fascinée, elle demeurait assise, le menton dans les mains, contemplant cette boîte mystérieuse, monstrueuse qui la tenait à merci, la métamorphosant en objet à son tour.

— Marc, je vous entends mal ; je suis rentrée il y a trois jours. Bien sûr, je comptais vous appeler. C'est comme je vous l'ai écrit, je n'ai trouvé personne... Annie, elle s'appelle Annie ? Je serais heureuse de la connaître. J'y serai, Marc. A demain, dit Lana.

Chapitre III

— J'attendais votre retour, Lana.

Tandis qu'ils marchaient le long des quais, Marc tira de sa poche la bande du magnétophone et la lui montra :

— Je m'en débarrasserai tout à l'heure. Je n'ai plus besoin de ça pour me souvenir.

C'était le même Marc, pourtant un autre. Il ne tenait plus la tête baissée en parlant, il cherchait au contraire vos yeux.

— Vous allez rouvrir votre studio ?

— Oui, dans quelques jours. Et vous, que faites-vous Marc ?

— La médecine... Dites-moi, Lana, est-ce qu'Annie pourrait aller vous voir ? Je lui ai parlé de vos photos. Elle est journaliste, mais elle voudrait aussi illustrer ses reportages.

— Qu'elle vienne quand elle voudra.

— Vous vous entendrez sûrement, Annie et vous.

C'était un mois d'août assez gris. Il avait plu tout le jour, la chaussée était recouverte de plaques luisantes.

Lana s'appuya un moment contre le parapet. Depuis son retour, elle ne se lassait pas de regarder la ville, de s'émerveiller de ses arbres touffus.

Soudain, le désert se superposa à tout ceci. Une plaine de fin du monde s'étalait à l'infini sous sa lumière crue, tyrannique. La sévère beauté de l'image la saisit une fois encore, s'imposa comme le reflet d'un paysage du dedans, illimité, d'une vérité nue, aveuglante, presque inhumaine, où pourtant une part de soi se retrouvait. Par-dessus, chevauchèrent de nouveau les arbres, et Lana, comblée par tout ce vert, se reconnut également dans ces feuilles qui foisonnent, dans ces racines qui s'entremêlent au fond des terres toujours humides.

— Je préfère jeter cette bande ici, dit Marc indiquant le fleuve. C'est idiot, mais je n'aurais pas pu supporter l'idée de la savoir enfouie sous un tas de chiffons et de ferraille.

Ils s'engagèrent sur la passerelle qui ne servait qu'aux piétons.

La Seine reflétait ses berges, redisait chaque arbre, répétait l'arc des ponts, rendait aux passants leurs fugaces silhouettes, imprégnait d'eau les bâtisses renversées, dédoublait un chaland et les voitures à quai. Là-bas, le Nil glissant au ras des terres s'appropriait les roseaux, portait de hauts et silencieux voiliers. Lana voyait ce fleuve-là s'étaler, s'étendre sur celui d'ici ; leurs eaux s'entremêlaient ; puis la vallée plane et verte se posa en transparence sur cette ville verticale, adoucissant ses angles.

Bientôt, il lui sembla apercevoir, approchant du parapet, une femme enveloppée de ses voiles noirs et portant un enfant à califourchon sur l'épaule venir s'accouder auprès d'une étudiante aux cheveux roux. Elles se penchaient toutes deux ensemble, regardant couler le fleuve dans un coude à coude familier, chacune croyant y reconnaître le sien.

— Voilà ! dit Marc.

Il lança la bobine par-dessus bord ; on entendit le choc léger du métal sur la surface de l'eau. Il n'avait pas lâché l'extrémité du ruban, celui-ci se déroula — brun, luisant, se tordant comme un serpent — entre le pont et le fleuve. Le visage de Marc était tendu ; il ne parvenait pas à desserrer ses doigts. A un moment, il fit le geste de tout ramener à lui. Ensuite, d'un seul coup, il ouvrit la main. Le ruban se détacha, s'affaissa. La bobine flottait maintenant et la bande s'entortilla, s'amassa, forma une sorte de nid autour. Puis, tout sombra au fond de l'eau.

— Annie ne va pas tarder. Elle nous rejoindra devant les grilles du jardin.

Dans la ville dépeuplée la circulation était fluide ; les automobilistes en profitaient pour redoubler de vitesse.

Traversant la cour du musée, Lana et Marc pénétrèrent dans le jardin qu'ils remontèrent lentement. Quelques enfants jouaient près du bassin, les chevaux de bois reposaient sous leurs housses, des touristes munis d'appareils venaient en sens inverse, s'arrêtant pour prendre des photos. « Nous nous sommes retrouvés souvent ici, Pierre, auprès de ce banc. Je n'avais jamais vu autant de moineaux que le premier jour où tu m'as dit que tu m'aimais. »

— Nous avons vingt ans, Annie et moi. Ses parents disent que c'est de la folie. Qu'en pensez-vous, Lana ?

— C'est de la folie.

— Vous aussi ?

— C'est de la folie, mais qu'importe...

« Nous parlions ainsi, Pierre : inquiets, mais y croyant tout de même. Ce même chemin que je refais mes pas peut-être dans nos pas, je le referais si je pouvais le refaire. »

— Il n'y a pas de plus difficile épreuve que la durée, Marc.

— J'aime le risque, dit-il.

Il regarda sa montre :

— Annie sera là dans un quart d'heure, nous arriverons en même temps.

« Pierre, nous réglions nos montres nous aussi pour arriver à la même seconde. Une fois, tu t'es caché derrière un porche et tu m'observais, allant, venant, m'inquiétant, m'impatientant. "Tu étais si drôle, j'aurais dû te filmer" as-tu dit. »

— Annie a confiance, on a l'impression que la vie le lui rendra.

« Nous allons vers Annie et Marc, je le sens, Pierre. Nous allons vers Marc et Annie. Ce Marc que je connais à peine, cette Annie que je ne connais pas... »

Ils ont laissé le jardin derrière eux et stationnent devant les grilles qui donnent place de la Concorde.

— Elle ne doit plus tarder.

Ça sent l'été, ça sent les feuilles. « Deux années sans voir le printemps », songe Lana. Le désert n'a pas de saison, les mois se déversent les uns dans les autres.

— La voilà ! s'exclame Marc.

Parmi celles qui descendent l'avenue, laquelle est Annie ?

— C'est la plus belle, dit Marc. Son visage c'est du soleil, il rayonne. Elle a des yeux bleus, bleu-vert.

Lana aperçoit au loin une longue et souple silhouette, des cheveux clairs :

— La jeune fille avec le chemisier jaune ?

— Oui, c'est elle.

Marc s'étonne qu'on puisse lui poser la question. Il n'y a plus que cette place qui les sépare, avec de rares voitures qui passent en trombe. Annie lève son bras, remue la main.

— Elle nous a vus ! dit Marc.

Sous cette lumière diffuse, les avenues ressemblent à des bras de mer. Annie fait un dernier signe, place son sac en bandoulière, fonce sans s'occuper des clous. « Pierre, quand je te voyais de loin, rien ne pouvait m'empêcher de courir vers toi. »

Annie est au milieu de la place sur le terre-plein qui borde une des fontaines. Elle salue de nouveau :

— Ho ! Marc !

C'est vrai, son visage rayonne ; Marc reste là, les bras ballants, à la regarder. Elle traverse une deuxième fois. Elle ne voit plus que Marc, elle se précipite.

— Annie ! hurle Lana. Annie, attention !

Sur la gauche, une voiture arrive à folle allure :

— Annie !

Lana se rue au milieu de la chaussée pour qu'Annie l'entende :

— Annie.

L'auto freine brutalement. Trop tard. Un bruit strident recouvre celui du choc.

Marc court.

Des passants se rabattent vers le lieu de l'accident.

La foule s'agglomère. On fait cercle, on s'interroge.

— Écartez-vous, vous allez l'étouffer.

— Vite. Une ambulance.

Le conducteur est sorti de sa voiture. Étourdi, il s'est laissé tomber sur le trottoir et reste longtemps assis, la tête sur les genoux.

— Comment ça s'est passé ? demande quelqu'un dans la foule.

— Je n'en sais rien.

— Moi, je l'ai vue courir.

— Elles couraient toutes les deux.

— Elles couraient l'une vers l'autre.

— La plus jeune n'avait pas aperçu la voiture.

— L'autre criait pour la prévenir et c'est elle qui a été renversée.

— Des fous, des toquards, ces conducteurs !

— On n'a pas idée non plus de se précipiter comme ça, en dehors des clous.

La pluie tombe. Une pluie fine d'été, en chaînettes.

« J'approche, Pierre, j'approche. C'est plus clair à présent ce rêve qui revenait toujours. »

— Elle vit, n'est-ce pas, Marc ? demande Annie penchée au-dessus de la femme étendue.

Marc tamponne les blessures de Lana, lui fait rapidement un garrot au bras.

— Tout ira bien, dit-il.

— Faites vite pour l'ambulance, insiste quelqu'un.

« Je marche de nouveau, Pierre, je marche. Toute mon existence qu'aurai-je fait d'autre que marcher ? Comme si je savais qu'il me fallait à tout prix avancer, sans savoir exactement ce que je trouverais au bout, sans savoir s'il y avait quelque chose au bout. Je marche, Pierre, cette fois encore — oh ! combien de fois, combien de fois, mon amour —, ce vieux rêve me revient : je porte entre mes mains tendues, rassemblées, cet enfant, ce nouveau-né, cette vie (qui donc me l'a confiée ?)... c'est un être minuscule, langé, emmailloté, plus petit qu'un doigt d'homme mais dont le visage est parfaitement dessiné. Je revois l'arc de sa bouche, les ailes de son nez, la transparence des paupières, les petites veines sur les tempes. Ses yeux sont d'un bleu profond, ultra-marin. Un bleu ineffable. »

— C'est la mère du jeune homme ? demande quelqu'un dans la foule.

— Je ne crois pas, il l'appelle par son prénom.

— La mère de la jeune fille alors ?

— Je n'en sais rien.

234

La pluie tombe, obstinément. Une volée d'hirondelles quitte un arbre pour un autre. Des voitures s'arrêtent, des gens s'informent. Tout cela se passe très loin. Les visages s'emmêlent. Seif est là, il vient d'ôter sa veste et la glisse sous la tête de Lana avec des gestes faits pour guérir. Marc est là ; il lui tient le pouls, la pansant avec des gestes efficaces faits pour guérir.

— C'est sûrement un étudiant en médecine.

— La femme n'a pas l'air de souffrir.

— Elle délire.

— C'est le choc.

— Elle s'en tirera...

Marc est là. Annie. Mireille. Lydia. Seif. Ceux et celles du lointain pays. Les distances se rompent. Lana marche au milieu des femmes de là-bas, elle en fait aussi partie. Certains visages escortent pour toujours.

— Tu comprends ce qu'elle dit ?

— On l'entend à peine.

« Il faut que j'avance. J'ai si peur que cet enfant fragile ne me glisse entre les doigts. Une seconde d'inattention suffirait. J'ai chaud, je transpire, mon cœur bat à se rompre, le sentier est étroit, couvert d'embûches. Il n'y a pourtant que ce chemin-là devant moi, il faut que je le prenne ; je sais que je ne peux pas m'arrêter, ni retourner sur mes pas. Des escaliers en colimaçon, des vides entre chaque marche, la balustrade va s'effondrer (mais à quoi sert une balustrade quand les deux mains sont prisonnières ?). Les yeux fixés sur l'enfant, j'essaie de prévoir le moindre de ses gestes, de lui épargner la plus petite secousse. Je franchis une passerelle suspendue entre deux gratte-ciel éventrés, sur celle-ci s'entassent de vieux moulins à café, des bassines en cuivre, des radiateurs hors d'usage, des fers à repasser, des bouteilles vides, des chiffons. Je les enjambe les uns après les autres. »

— Elle a l'air de souffrir, Marc.

— Ne t'inquiète pas, Annie.

Un homme s'écarte pour appeler du secours, quelques minutes s'écoulent. Les passants forment un écran entre Lana et la ville, avec leurs paroles comme un bruissement lointain, répété.

« J'atteins un palier qui peu à peu s'amenuise, devient une gorge, un boyau. Je me fraie un passage entre des tables renversées, des chaises retournées, des fauteuils défoncés ; j'avance avec les coudes. Mes pieds enfoncent dans des sommiers aux ressorts trop mous, je navigue entre des arrosoirs rouillés, des cadres brisés, des livres en vrac. D'un côté, le mur ; de l'autre, la cage d'ascenseur sans porte. Je longe ce trou béant, j'ai de plus en plus peur, mais je marche. L'enfant a ouvert les yeux et soudain je suis secourue par son regard. Je m'y plonge. »

— Ses mains sont tièdes, son pouls bat régulièrement, dit Marc. Tout s'arrangera.

On entend la sirène. La foule s'écarte, l'ambulance débouche sur la place. Les infirmiers soulèvent la femme, la placent sur un brancard, l'introduisent dans la voiture.

— Tu vois comme ils viennent vite, dit une vieille femme à son compagnon.

— Elle s'en tirera, Marc ?

— Oui, elle s'en tirera, confirme l'infirmier.

« Tout est limpide, Pierre. Pour la première fois je vais jusqu'au terme d'un de mes rêves. Jusqu'ici ce n'étaient que des lieux que je ne trouvais pas, des obstacles à franchir, à enjamber sans fin et sans jamais aboutir nulle part. Maintenant, avec mon fardeau, mon précieux, mon inestimable fardeau — cette vie parfaite et incomplète à la fois, dont je suis, dont nous sommes responsables — j'arrive au bout de mon parcours. Me voici, enfin, sur une plage.

« Une plage de sable, très longue, au bord de laquelle une mer apaisée, frangée d'écume, vient doucement mourir. Au loin, l'horizon est lavé. Toi, tu te détaches de ce fond et tu viens à moi. Je ne te vois pas, mais je sais que c'est toi qui approches, je sais que *tu es là*. Je n'aperçois que tes deux mains, tes paumes ouvertes, tendues vers les miennes pour que je te passe ma charge, pour que tu portes l'enfant à ton tour. Ah, Pierre, parce que nous sommes deux, et puis dix, et puis cent, et puis mille, et puis des milliards, tout se prolonge, il n'y a pas de fin. Plus loin, plus loin que nous, toujours plus loin, tout recommence. De relais en relais, de réponse en réponse, la vie se survit toujours... »

L'ambulance file à présent à travers les avenues clairsemées.

« Pierre, je ne sais plus si tu es vraiment revenu, si tu es jamais parti, si tu reviendras, si je reviendrai... Avoir vécu me lie à toi, au monde, à tout ce qui vient. Je me sens presque heureuse, Pierre, presque libre. Presque toi... »

Annie et Marc sont partis ensemble, en courant. Ils ont pris au vol l'autobus qui les mènera à l'hôpital. De la plate-forme, ils aperçoivent encore, sur les lieux de l'accident, quelques curieux qui entourent le conducteur. Celui-ci explique à trois agents les circonstances de l'accident. La place de la Concorde s'éloigne, recule, se rétrécit — devient un cercle de plus en plus petit sur lequel on ne distingue plus personne —, s'estompe, disparaît.

— Dans quelque temps, elle pourra reprendre sa vie, dit Marc.

Prenant appui contre la rampe, Annie se penche en avant. Un vent tiède la décoiffe.

L'avenue file sous un éclat de soleil. Elle aime-
rait tendre la main, toucher les feuilles des
arbres au passage ; une folle envie de vivre
l'étourdit.

Plus loin, la ville se ramifie, se concentre.
Les rues se resserrent, les murs se rappro-
chent. Des nuages ont soudain masqué le soleil, les façades prennent un air hostile.

Annie se retourne, cherche Marc, se laisse
aller contre son épaule :

— Tu es là... n'est-ce pas ? Tu es là.

Table
des matières

Castor Poche

Des livres pour toutes les envies de lire,
envie de rire, de frissonner, envie
de partir loin ou de se pelotonner dans un coin.

Des livres pour ceux qui dévorent.
Des livres pour ceux qui grignotent.
Des livres pour ceux qui croient ne pas aimer lire.
Des livres pour ouvrir l'appétit de lire et de grandir.

Castor Poche rassemble des textes du monde
entier ; des récits qui parlent de vous mais aussi
d'ailleurs, de pays lointains ou plus proches, de
cultures différentes ; des romans, des récits, des
témoignages, des documents écrits avec passion
par des auteurs qui aiment la vie, qui défendent
et respectent les différences. Des livres qui abor-
dent les questions que vous vous posez.

Les auteurs, les illustrateurs, les traducteurs
vous invitent à communiquer, à correspondre
avec eux.

Castor Poche
Atelier du Père Castor
4, rue Casimir-Delavigne
75006 PARIS

Castor Poche

A chacun ses intérêts, à chacun ses lectures.

9 séries à découvrir :
Aventures
Contes et Fables
Connaissances
Fantastique et Science-fiction
Histoires d'Animaux
Humour
Le monde d'Autrefois
Mystère et Policier
Vivre Aujourd'hui

Castor Poche
Une collection qui s'adresse à tous les enfants
Benjamin : dès 3/4 ans
Cadet : dès 5/6 ans
Junior : dès 7/8 ans
Senior : dès 11/12 ans

Castor Poche, des livres pour toutes les envies de lire : pour ceux qui aiment les histoires contemporaines qui parlent de la vie de tous les jours, ici mais aussi dans d'autres pays. Voici une sélection de romans qui se passent aujourd'hui.

5 Le fauteuil de Grand-Mère   Junior
par Charlotte Herman

Sheila, la jeune Américaine, est furieuse. Elle vient d'apprendre qu'à dix ans elle va devoir partager sa chambre avec sa grand-mère. Pourtant, très vite, une complicité se noue entre elles, et Sheila fait tout ce qu'elle peut pour rendre la vie de sa grand-mère plus douce. Sheila ne manque pas d'idées mais elles sont rarement appréciées par sa grande sœur et ses parents...

13 David l'étrange   Junior
par Veronica Robinson

Un garçon de treize ans vient d'emménager dans une maison voisine. Les enfants cherchent à faire sa connaissance, mais le nouveau venu leur semble bizarre, étrange... C'est que David n'entend rien : il est sourd de naissance. Les enfants réussiront-ils à communiquer, à se comprendre ?

22 L'autre   Senior
par Andrée Chedid

Tôt le matin, Simm traverse un village paisible, quand tout à coup, tout bascule dans un tremblement de terre.

De toutes ses forces, de toute son âme, Simm cherche à sauver le jeune étranger avec lequel il a échangé un regard, une complicité, quelques secondes avant le drame.

26 **Le secret de Jeremy** Junior
par Patricia Hermes

À l'idée d'aller dans une école inconnue, Jeremy, dix ans, est prise de panique. C'est qu'elle a un lourd secret qu'elle ne peut partager avec ses amies, un secret que même ses grands-parents n'aiment pas évoquer. Maintenant tout le monde risque de le découvrir...

28 **Une difficile amitié** Junior
par Marilyn Sachs

L'amitié de Peter et de Veronica n'est pas très appréciée par leur entourage. Et le printemps de ses treize ans va ressembler pour Peter à un combat sur tous les fronts : contre ses parents, contre les copains, et même contre Veronica..

30 **Quitter son pays** Junior
par Marie-Christine Helgerson

Meng, ses petites sœurs et ses parents fuient la guerre qui ravage leur pays, le Laos. Après une longue marche dans la jungle inhospitalière, après une traversée dramatique du Mékong en crue, après la peur et la faim, la famille Xiong, épuisée, arrive en Thaïlande. Existe-t-il une terre d'accueil où Meng et les siens retrouveront leur joie de vivre ?

40 **La flûte tsigane** Junior
par Bertrand Solet

La vie quotidienne de Yoska et des siens ne ressemble pas tout à fait à la nôtre. Ils aiment s'en aller sur les routes de France, loin de la ville. « Nous ne sommes pas des nomades, dit sa sœur Paprika d'un air fier, mais des Tsiganes de la tribu des roms. » Le monde bouge et change, il y a de fascinantes machines, et l'école... Il faudrait à la fois rester tsigane et vivre comme les autres. Est-ce possible ? Et les autres surtout, accepteront-ils Yoska ?

Vivre aujourd'hui

73 **Comme à la télé** $\qquad$ **Junior**
par Betsy Byars

Lennie, Américain de onze ans, vit seul avec sa mère qui tient un petit hôtel. Il se gorge de télévision et ne vit qu'à travers elle. Sa seule joie est de s'introduire dans une résidence où son imagination trouve à se nourrir. Mais un jour, surpris, Lennie va vivre une douloureuse aventure, et du coup la télévision va lui paraître bien fade.

79 **Ganesh** $\qquad$ **Senior**
par Malcolm J. Bosse

Ses quatorze premières années, Jeffrey les vit en Inde où ses parents, venus d'abord pour affaires, ont choisi de rester. Une tragédie vient déraciner Ganesh (c'est le nom indien de Jeffrey) de son Inde natale et le force à gagner l'Amérique, sa terre d'origine dont pourtant il ne sait rien. Il s'y sent étranger. L'incompréhension entre ses camarades et lui diminue peu à peu, mais une menace inattendue vient remettre en question ce qui compte le plus pour lui.

80 **Derrière les visages** $\qquad$ **Senior**
par Andrée Chedid

Neuf nouvelles, situées pour la plupart en Égypte et au Liban, cherchent à parler du cœur universel des hommes, de ces vrais visages qui existent derrière l'âge, le pays, la condition. Ces récits s'enracinent dans le concret, embrassent la cruauté de la vie, mais aussi l'espoir et l'amour.

82 **La dernière chance** $\qquad$ **Senior**
par Robert-Newton Peck

Collin, à quinze ans, trouve la vie plutôt assommante. Le collège ? Les parents ? Les copains ? Rien ni personne ne trouve grâce à ses yeux. Et voilà que son père l'emmène dans un trou perdu, chez un viel homme solitaire. Collin est là pour « apprendre ». Il aprendra que la vie ne fait pas de cadeau mais que c'est peut-être ce qui en fait le sel...

86 **Balles de flipper** Junior
par Betsy Byars

Trois enfants délaissés par leurs parents respectifs, sont placés chez M. et Mme Mason. Carlie (quatorze ans), Harvey (treize ans), et Thomas (huit ans) ne se sentent pas plus responsables de leur destin que des balles de flipper. Mais lorsque Harvey sombre dans un profond désespoir, Carlie et Thomas sont prêts à se battre pour lui redonner goût à la vie...

87 **Plus de gym pour Danny** Junior
par Helen Young

Danny, un jeune Anglais très sportif, est sujet à des crises d'épilepsie. Tout l'entourage est au courant et le considère comme un enfant normal. Il n'en est fait ni drame ni mystère. Mais le nouveau professeur de gymnastique, effrayé, lui interdit la natation et tous les sports. Comment Danny, privé de son activité favorite, va-t-il réagir ?

93 **Viou** Junior
par Henri Troyat

Depuis la mort de son père, Viou vit chez ses grands-parents. Sa mère travaille à Paris et ne vient pas souvent la voir. Seule la tendre complicité du grand-père vient rompre la monotonie de la vie de Viou. Mais lorsque celui-ci disparaît à son tour, c'est tout l'univers de Viou qui bascule de nouveau...

99 **Les chants du coquillage** Junior
par Jean-Marie Robillard

Neuf nouvelles qui se déroulent sur les rivages marins, et qui nous invitent à la découverte de sa faune, de ses paysages, de ses habitants. « Nanou », « le rat », « le congre », etc. relatent des épisodes de cette vie accrochée à la mer, parfois drôle, parfois dangereuse mais toujours émouvante pour celui qui apprend à l'écouter.

Vivre aujourd'hui

104 **Mon pays perdu**   **Senior**
par Huynh Quang Nhuong

Quinze récits, souvenirs d'une enfance vietnamienne, dans un hameau en lisière de la jungle. Une nature extrêmement rude et impitoyable, des êtres dont la vie est menacée chaque jour de mort violente. Amies ou ennemies, il faut apprendre à vivre avec ces créatures sauvages.

107... **Et puis je suis parti d'Oran**   **Senior**
par Lucien-Guy Touati Oran,

septembre 1961. En toile de fond, la guerre d'Algérie qui sévit depuis sept ans. Mais pour Lucien, c'est l'aube d'une année scolaire semblable aux autres, avec ses amitiés et ses doutes d'adolescent. Pourtant un matin de mars 1962, Lucien se retrouve sur le pont d'un bateau qui l'emmène vers la France avec sa mère et ses frères et sœurs. Pourquoi ce départ ? En six mois, que s'est-il passé ?

109 **Le sixième jour**   **Senior**
par Andrée Chedid

Dans la crainte permanente des dénonciations, la vieille Om Hassan tente seule de sauver son petit-fils atteint du choléra. Pendant six jours et six nuits, elle repousse le découragement et insuffle à l'enfant malade sa force de vivre. Du cœur de l'Égypte, elle entreprend avec lui un long voyage vers la mer salvatrice.

116 **Un chemin en Cornouailles**   **Senior**
par John Branfield

Frances s'attache, peu à peu, à l'un des patients de sa mère, infirmière dans un village de Cornouailles anglaise. Ancien fermier, chercheurpassionné d'épaves et de minéraux, ce vieil homme de quatre-vingt-dix ans a conservé intacte une grande vivacité d'esprit teintée d'humour. ans a conservé intacte une grande vivacité d'esprit teintée d'humour. Que de richesses à partager avec Frances...

122 **Manganinnie et l'enfant volé**   Junior
par Beth Roberts

1830 en Tasmanie, au large de l'Australie. À la suite d'une attaque de colons blancs, une vieille aborigène, Manganinnie, est brutalement séparée de sa tribu. Elle la recherche désespérément en suivant le cycle des migrations ancestrales. Un jour, elle enlève une petite fille blanche pour l'élever comme un enfant de sa tribu, et lui transmettre les lois et les légendes de son peuple perdu. Que deviendront-elles toutes les deux ?

130 **Les 79 carrés**   Senior
par Malcolm J. Bosse

Lorsqu'il fait la rencontre de M. Beck, Éric est au bord de la délinquance. À quatorze ans, il rejette tout de la société, et ses parents comprennent mal la confiance qu'Éric accorde à ce vieil homme, ancien détenu. Pourtant, c'est auprès de lui qu'Éric va réapprendre à VOIR le monde qui l'entoure... Mais bientôt, le village entier se ligue pour les séparer.

137 **La reine de l'île**   Junior
par Anne-Marie Pol

Au large des côtes bretonnes se dresse l'île de Roc-Aël. Liselor et Grand-Père y vivent seuls, heureux, dans le vieux manoir familial délabré. Pourtant, à la veille de ses douze ans, Liselor sent ce bonheur menacé. Quel est donc le secret qui tourmente de plus en plus Grand-Père ?

143 **Prochain rendez-vous dans le pot de fleurs**   Junior
par Marilyn Sachs

La vie n'est pas comme dans les romans, c'est du moins l'avis de Rebecca, quatorze ans. Il ne lui arrive jamais rien d'exaltant... Jusqu'au jour où de nouveaux voisins viennent s'installer dans l'appartement d'à côté. Tout va changer pour Rebecca.

Vivre aujourd'hui

144 **Mon ami Chafiq** Senior
par Jan Needle

Un matin, Bernard, le jeune Anglais, voit Chafiq, un garçon pakistanais de sa classe, disperser une bande occupée à lancer des briques sur des « petits mangeurs de curry ». Un peu malgré lui, Bernard se retrouve impliqué dans l'affaire. Une difficile amitié naît entre les deux garçons. Arriveront-ils à éviter la violence grandissante qui les entoure ?

147 **Perdu dans la taïga** Junior
par Victor Astafiev

Deux courts récits inspirés de l'enfance de l'auteur dans sa Sibérie natale. Vassia, treize ans, s'égare dans l'immensité de la taïga. Loin de se décourager, il marche des jours durant à la recherche du fleuve qui le conduira chez lui.

Sous les yeux de Girmantcha, ses parents disparaissent dans le fleuve en furie. Le voici orphelin. Que va-t-il devenir ?

154 **Les enfants Tillerman (tome 1)** Junior
par Cynthia Voigt

Premier volume de la saga des enfants Tillerman. Les quatre enfants, entre sept et treize ans, se retouvent seuls sur un parking. Leur mère, partie faire une course, ne revient pas. Que faire ? Sous la conduite de Dicey, l'aînée, les enfants se mettent en route, à pied, pour la maison d'une grand-tante inconnue où devait les conduire leur mère, à plus de cent kilomètres...

157 **Rude journée pour Sara** Junior
par Betsy Byars

Sara vit mal l'été de ses quatorze ans. Tantôt tout va bien, tantôt, l'instant d'après, tout s'écroule : elle ne peut plus rien supporter ni personne. Même Charlie, ce petit frère qu'elle adore, lui semble alors bien encombrant. Des cygnes se posent sur le lac et leur arrivée fait basculer dans le drame la tragi-comédie des vacances.

160 **Les enfants Tillerman (tome 2)**   Junior
par Cynthia Voigt

Suite de la saga des enfants Tillerman. La cousine Eunice, qui les a recueillis tous les quatre, parle de les adopter, mais elle trouve qu'à sept ans, Sammy est beaucoup trop indiscipliné, et elle envisage de le « placer ». Alors, Dicey, treize ans, entraîne une nouvelle fois ses frères et sœur sur les routes. Leur grand-mère maternelle, qu'on dit bizarre, n'est-elle pas leur dernière chance de trouver un foyer ? La route est longue jusqu'à chez elle et les embûches ne manquent pas...

170 **L'odeur de la mer**   Junior
par Philippe Barbeau

Vermillon et ses dix copains de classe en font voir de toutes les couleurs à leurs instituteurs qui se succèdent à un rythme accéléré... Mais arrive M. Meunier, aussitôt surnommé « la Taupe ». D'abord victime de mauvais tours, la Taupe se fait peu à peu accepter. Les enfants découvrent au fil des jours le plaisir d'une autre école et se lancent dans l'aventure...

177 **Enfant de la samba**   Junior
par Miriam Cohen

À Rio de Janeiro, c'est la fièvre qui précède le carnaval. Maria Antonia, qui danse comme elle respire, espère de toutes ses forces être choisie comme Reine des enfants pour le défilé. Mais arrive Teresinha. Maria brûle d'angoisse et de jalousie. Et si cette intruse allait lui « souffler » sa place ?

181 **Je suis née en Chine**   Senior
par Jean Fritz

Jean, onze ans, est née et a grandi en Chine, mais elle se sait et se veut américaine. Elle ne rêve qu'au jour où elle partira pour ce pays qu'elle ne connaît pas. Mais la révolution gronde dans les rues d'Hankéou. Le départ tant attendu se fera dans la précipitation et sous le signe du danger...

188 **Le survivant**   **Senior**
par Andrée Chedid

En pleine nuit, Lana apprend par téléphone que l'avion dans lequel son mari, Pierre, a embarqué quelques heures plus tôt, s'est écrasé dans le désert. Il n'y a qu'un survivant. Lana, convaincue qu'il s'agit de Pierre, part à la recherche de l'homme qu'elle aime, à travers oasis, villages, désert, solitude...

199 **Le prix d'un coup de tête**   **Junior**
par Gérard Hubert-Richou

Stéphanie, onze ans, est l'aînée de quatre enfants. Elle comprend les difficultés financières que rencontrent ses parents mais elle a l'impression d'en faire seule les frais. Un beau jour, sur un coup de tête, elle décide de s'en aller. En attendant le train qui l'emmènera au soleil, un étrange individu l'aborde courtoisement : «Bonjour princesse, je vous ai reconnue... ».

201 **Jamais deux sans trois**   **Junior**
par Thea Dubelaar-Balzamont

Malgré le panneau «défense d'entrer», les jumeaux Rob et Rose pénètrent sur un chantier de construction. À l'aide d'une planche, ils descendent explorer les recoins d'une fosse aux murs de béton. Mais la planche casse... Les jumeaux sont bloqués au fond. Une petite fille entend leurs appels. Elle tente de les aider à sortir mais glisse à son tour. Ils sont trois maintenant dans le trou et la nuit tombe...

202 **La chanson de Dicey**   **Junior**
par Cynthia Voigt

Après un été d'errance, les enfants Tillerman vivent chez Gram leur grand-mère. Gram ne se laisse pas facilement apprivoiser. L'acclimatation n'est simple pour aucun des quatre enfants. Un drame et un profond chagrin fourniront l'occasion de découvrir la force des liens qui se sont tissés entre les enfants et la vieille dame...

203 **Hot-dog ou petit pain au chocolat**   Junior

par Marie Page

Nés d'un père britannique et d'une mère française, Alex treize ans, et sa jeune sœur Caroline vivent depuis toujours au Québec. Ils se sentent « internationnaux » comme le dit Alex dans ses mémoires qu'il rédige en secret. Mais Caroline découvre le livre de son frère et n'hésite pas à intervenir à sa façon...

212 **Un barrage dans la vallée**   Senior

par Jacques Delval

Marcel découvre, fasciné, la vallée qui s'étale sous ses yeux, baignée de soleil. Après sa vie parisienne mouvementée, a-t-il enfin trouvé l'endroit paisible qui lui permettra de reprendre son souffle ? Marcel ne se doute pas que ce village perdu de Haute-Provence cache, lui aussi, un secret. Un danger mortel plane sur ses terres, ses vignes, sur ses oliviers et ses maisons...

224 **Marika**   Junior

par Anne Pierjean

Dans une école de montagne, Marianne Arly accueille une nouvelle parmi ses élèves. Mais Marika est différente des autres, avec son regard de renard pris au piège et elle se montre agressive. D'où vient-elle ? se demande Chris, pourtant prêt à lui offrir son amitié. Avec l'aide de Marianne, il tente d'apprivoiser la « sauvageonne »...

Castor Poche Connaissances

Une nouvelle série
à partir de 8/9 ans.

Castor Poche Connaissances

Des petits « poches » à lire d'un trait
ou à prendre et à reprendre.
Des textes pour stimuler la curiosité,
pour susciter l'envie d'en savoir plus.

Castor Poche Connaissances

En termes simples et précis,
des réponses à vos curiosités, à vos interrogations.
Des textes de sensibilisation
sur des notions essentielles.
Les premières clés d'un savoir.
Des sujets variés.
Le sérieux de l'information
allié à la légèreté de l'humour.
Un ton alerte et vivant.

Dans chaque ouvrage,
un sommaire et un index détaillés permettent
de se référer rapidement à un point précis.

C1 Bon pied, bon œil ! (Junior)
Notre santé
par Lesley Newson

Quels sont les moyens de défense et de reconstruction de notre organisme ? Que se passe-t-il à l'intérieur de notre corps lorsque nous avons la varicelle ? Ce guide concis et vivant nous permet d'en savoir plus sur les microbes, les virus, les bactéries et... sur nous-mêmes.

C2 Comme un sou neuf ! (Junior)
La bataille contre la saleté
par Lesley Newson

Qu'est-ce que la saleté ? Comment agissent le savon, les détergents ? Une approche, à la fois scientifique et vivante des questions d'hygiène, qui nous informe avec précision et humour, et nous aide à combattre la saleté sur notre corps, sur nos vêtements, dans nos maisons et dans nos villes.

C3 La marche des millénaires (Senior)
A l'écoute de l'Histoire
par Isaac Asimov & Frank White

Parce qu'il traite autant des modes de vie et de l'évolution des techniques que des faits dits historiques, ce livre transforme le domaine parfois rebutant de l'Histoire en une matière vivante et attrayante. Les connaissances historiques sont mises en relation avec les grandes préoccupations d'aujourd'hui, et deviennent du coup captivantes.

C4 Sale temps pour un dinosaure ! (Junior)
Les caprices de la météo
par Barbara Seuling

Comment se forme un grêlon ? En quoi une tornade diffère d'un cyclone ? Quelle est la température la plus chaude jamais enregistrée sur terre ? Qu'est-ce que la foudre ? Mille informations sur le temps et la météorologie sont regroupées dans ce petit livre, qui dissipent les interrogations et ... éclaircissent notre ciel !

Cet
ouvrage,
le cent quatre-vingt-
huitième
de la collection
CASTOR POCHE,
a été achevé d'imprimer
sur les presses de l'imprimerie
G. Canale & C. S.p.A.
Borgaro T.se - Turin
en janvier
1996

Dépôt légal : juin 1987.
N° d'Édition : 1911. Imprimé en Italie.
ISBN : 2-08-161911-3
ISSN : 0763-4544
Loi n° 49-956 du 16 juillet 1949
sur les publications destinées à la jeunesse